인형의 집

인형의 집

인형의 집
A Doll's House

헨릭 입센 지음

최경룡 · 김용성 옮김

도서출판 동인

노르웨이의 극작가 헨릭 입센(Henrik Ibsen)의 『인형의 집』(*A Doll's House*)은 희곡사의 흐름을 이해함에 있어서 반드시 검토해야 할 중요한 작품이다. 주지하고 있듯이 입센은 유럽연극사에서 사실주의 극작품을 유도한 의미 있는 작가이다. 또한 그는 『인형의 집』을 통하여 중요한 사회 문제극의 단초를 제시하였고, 후대의 작가들에게 커다란 울림으로 작용하였다. 20세기 영국의 대표적 극작가 중의 한 사람인 죠지 버나드 쇼에게 끼친 그의 영향력은 과히 절대적인 것이었다. 입센과 쇼는 공히 근, 현대 사회의 소외 계층에 대한 문학적 관심을 표명하였고, 이를 통하여 보다 더 민주적이고 이상적인 사회의 구축에 대한 염원을 제시하였다. 입센의 문학 세계는 이와 같은 차원에서 지속적으로 연구 검토되어야 하며, 그가 제시한 의미와 가치의 국면은 계승 발전되어야 마땅하다.

금번 영한 대역본은 독자들의 연극 작품에 대한 욕구를 충족시키고, 동시에 영어 학습이라는 두 가지 목표를 달성코자 하는 차원에서 시도되었다. 모쪼록 이 대역본이 독자들의 연극적 감수성을 고양시키고 영어의 효율적인 배양에도 도움이 되기를 희망한다. 끝으로 본 영한 대역본이 나오기까지 수고를 아끼지 않은 충북대학교 전기전자컴퓨터공학부 공재현 군과 도서출판 동인 가족들에게 감사를 드린다.

2008년 8월

삼육동 사무엘관 연구실에서

차례

인형의 집
A Doll's House

THE CHARACTERS

TORVALD HELMER

NORA, HIS WIFE

DOCTOR RANK

MRS. LINDE

NILS KROGSTAD

HELMER's THREE YOUNG CHILDREN

ANNE, THEIR NURSE

A HOUSEMAID

A PORTER

(The action takes place in HELMER's house.)

등장인물

토발드 헬머
노라: 그의 부인
랭크 박사
린드 부인
닐스 크로그스타드
헬머의 세 아이들
앤: 헬머의 세 아이들의 보모
하녀
짐꾼
(헬머의 집에서 사건이 발생한다)

Act **I**

A room furnished comfortably and tastefully, but not extravagantly. At the back, a door to the right leads to the entrance-hall, another to the left leads to HELMER's study. Between the doors stands a piano. In the middle of the left-hand wall is a door, and beyond it a window. Near the window are a round table, arm-chairs and a small sofa. In the right-hand wall, at the farther end, another door; and on the same side, nearer the footlights, a stove, two easy chairs and a rocking-chair; between the stove and the door, a small table. Engravings[1] on the walls; a cabinet with china[2] and other small objects; a small book-case with well-bound books. The floors are carpeted, and a fire burns in the stove. It is winter.

A bell rings in the hall; shortly afterwards the door is heard to open. Enter NORA, humming a tune and in high spirits. She is in outdoor dress and carries a number of parcels; these she lays on the table to the right. She leaves the outer door open after her, and through it is seen a PORTER who is carrying a Christmas Tree and a basket, which he gives to the MAID who has opened the door.

---

1) engraving: 조각, 제판법, 문자, 판목.
2) china: 도자기, 사기그릇, 20회째의.

사치스럽지는 않지만 편안하고 세련되게 꾸며진 방. 뒤켠에 오른쪽으로 나있는 문은 현관을 향해 있고, 왼쪽으로의 또 다른 문은 헬머의 서재로 향해 있다. 두 문 사이에 피아노가 있다. 왼쪽 벽의 중간에 문이 있고, 그 위에 창문이 있다. 창문 가까이에 둥근 탁자와 안락의자, 그리고 작은 소파가 있다. 오른쪽 벽, 멀리 끝 쪽으로 또 다른 문이 있다. 같은 쪽의 바닥조명 가까이에 스토브와 두 개의 안락의자와 흔들의자가 있다. 난로와 문 사이에 작은 탁자가 있다. 벽 위에는 동판화가 있고, 도자기와 다른 작은 물건들이 담겨있는 탁자가 있다. 작은 책장엔 잘 제본된 책들이 있다. 카펫이 마룻바닥에 깔려 있고, 난로에서는 불길이 타오르고 있다. 겨울이다.

현관에서 벨소리가 들린다. 바로 직후에 문이 열리는 소리가 들린다. 노라가 등장하여 콧노래를 부른다. 기분이 좋아 보인다. 외출복을 입고 있는 그녀는 몇 개의 꾸러미를 들고 있다. 그녀가 오른쪽 탁자 위에 물건을 놓는다. 바깥문이 열려 있고 짐꾼이 크리스마스 장식용 나무와 바구니를 들고 있는 모습이 보인다. 그는 문을 열어준 하녀에게 물건을 건넨다.

NORA   Hide the Christmas Tree carefully, Helen. Be sure the children do not see it until this evening, when it is dressed. *(To the PORTER, taking out her purse.)* How much?

PORTER   Sixpence.

NORA   There is a shilling. No, keep the change.
          (The PORTER thanks her, and goes out. NORA shuts the door. She is laughing to herself, as she takes off her hat and coat. She takes a packet of macaroons from her pocket and eats one or two; then goes cautiously to her husband's door and listens.) Yes, he is in. *(Still humming, she goes to the table on the right.)*

HELMER   *(calls out from his room)*
          Is that my little lark twittering out there?

NORA   *(busy opening some of the parcels)*
          Yes, it is!

HELMER   Is it my little squirrel bustling about?

NORA   Yes!

HELMER   When did my squirrel come home?

NORA   Just now. *(Puts the bag of macaroons into her pocket and wipes her mouth.)* Come in here, Torvald, and see what I have bought.

HELMER   Don't disturb me. *(A little later, he opens the door and looks into the room, pen in hand.)* Bought, did you say? All these things? Has my little spendthrift[3] been wasting money again?

NORA   Yes but, Torvald, this year we really can let ourselves go a little. This is the first Christmas that we have not needed to economize.

---

3) spendthrift: 방탕한, 돈 씀씀이가 헤픈, 방탕자, 돈 씀씀이가 헤픈 사람.

노라   크리스마스 나무를 잘 숨겨둬, 헬렌. 오늘밤 장식 할 때까지 애들이 보지 않도록 해줘. (지갑을 꺼내들고 짐꾼에게) 얼마죠?

짐꾼   6펜스입니다.

노라   여기 1실링이에요. 잔돈은 가지세요. (짐꾼은 그녀에게 고마워하며 나간다. 노라는 문을 닫는다. 모자와 외투를 벗으면서 혼자서 웃는다. 주머니에서 마카롱 봉지를 꺼내서 한두 개를 먹는다. 그리고 남편의 방문 쪽으로 조심스럽게 가서 귀를 기울인다) 그래, 안에 계셔. (여전히 콧노래를 부르며, 오른쪽 탁자로 간다.)

헬머   (그의 방에서 소리친다.)
       밖에서 지저귀는 게 내 작은 종달새요?

노라   (꾸러미 몇 개를 펼치는데 바쁘다.)
       맞아요!

헬머   부산을 떠는 게 내 작은 다람쥐란 말이요?

노라   맞아요!

헬머   언제 내 다람쥐가 집에 돌아왔소?

노라   바로 지금이요. (주머니에다 마카롱 봉지를 집어넣고 입을 닦는다) 토발드, 여기로 나오세요. 제가 사온 것을 좀 보세요.

헬머   날 방해하지 마시오. (조금 뒤에 문을 열고 손에 펜을 들고서 방을 살펴본다.) 사왔다고 얘기했소? 이 모든 것을? 나의 작은 방탕꾼이 또다시 돈을 낭비했단 말이오?

노라   그래요. 하지만 토발드, 올해는 우리 형편이 정말 조금 나아졌잖아요. 이번 크리스마스는 처음으로 절약할 필요가 없는 때잖아요.

HELMER   Still, you know, we can't spend money recklessly.

NORA   Yes, Torvald, we may be a wee bit more reckless now, mayn't we? Just a tiny wee bit! You are going to have a big salary and earn lots and lots of money.

HELMER   Yes, after the New Year; but then it will be a whole quarter before the salary is due.

NORA   Pooh! we can borrow until then.

HELMER   Nora! (Goes up to her and takes her playfully by the ear.) The same little featherhead! Suppose, now, that I borrowed fifty pounds today, and you spent it all in the Christmas week, and then on New Year's Eve a slate fell on my head and killed me, and . . .

NORA   (putting her hands over his mouth) Oh! don't say such horrid things.

HELMER   Still, suppose that happened,—what then?

NORA   If that were to happen, I don't suppose I should care whether I owed money or not.

HELMER   Yes, but what about the people who had lent it?

NORA   They? Who would bother about them? I should not know who they were.

HELMER   That is like a woman! But seriously, Nora, you know what I think about that. No debt, no borrowing. There can be no freedom or beauty about a home life that depends on borrowing and debt. We two have kept bravely on the

헬머	노라, 그렇지만 당신도 알다시피 우린 돈을 경솔하게 쓸 순 없소.
노라	그래요, 토발드, 우린 이제 아주 조금은 낭비해도 되잖아요, 그렇지 않아요? 그냥 아주 조금만요! 당신은 봉급도 많아질 테고 돈을 많이많이 벌게 되잖아요.
헬머	그래, 새해 이후엔 그렇지. 그렇지만 봉급을 받기까진 1/4분기가 더 남았소.
노라	푸! 그때까지는 빌려 살면 되죠.
헬머	노라! (그녀에게 다가가서 장난스럽게 귀를 잡는다) 똑같은 작은 바보같으니! 자, 내가 오늘 50파운드를 빌려왔는데, 당신이 크리스마스 주간에 그것을 다 써버린다고 생각해 봅시다. 그리고 그믐날 밤에 슬레이트가 내 머리 위에 떨어져서 날 죽였다고 해 봅시다. 그러면—
노라	(그의 입에다 손을 대고) 그런 끔찍한 얘기는 하지 마세요.
헬머	그렇지만 그런 일이 발생한다면, 어떻게 할거요?
노라	만약 그런 일이 발생하면, 내가 돈을 빌렸는지 빌리지 않았는지에 대해선 신경 쓸 필요가 없죠.
헬머	그래, 그러면 돈을 빌려준 사람들은 어떡하고?
노라	그 사람들이요? 그들에 대해서 상관할 바가 뭐 있어요? 그들이 누구인지 알 필요도 없어요.
헬머	그거 참 여자 같은 얘기를 하고 있군. 자 진지하게, 노라, 그것에 대한 내 생각을 말해 주지. 빚도 안 되고, 빌리는 것도 안 되오. 돈을 빌리거나 빚을 내어 살아가는 가정생활에는 어떤 자유

straight road so far, and we will go on the same way for the short time longer that there need be any struggle.

NORA (*moving towards the stove*)

As you please, Torvald.

HELMER (*following her*)

Come, come, my little skylark must not droop her wings. What is this! Is my little squirrel out of temper? (*taking out his purse*). Nora, what do you think I have got here?

NORA (*turning round quickly*)

Money!

HELMER There you are. (*Gives her some money.*) Do you think I don't know what a lot is wanted for housekeeping at Christmas-time?

NORA (*counting*)

Ten shillings—a pound—two pounds! Thank you, thank you, Torvald; that will keep me going for a long time.

HELMER Indeed it must.

NORA Yes, yes, it will. But come here and let me show you what I have bought. And all so cheap! Look, here is a new suit for Ivar, and a sword; and a horse and a trumpet for Bob; and a doll and dolly's bedstead for Emmy,—they are very plain, but anyway she will soon break them in pieces. And here are dress-lengths and handkerchiefs for the maids; old Anne ought really to have something better.

HELMER And what is in this parcel?

도 아름다움도 없는 법이라오. 우리 두 사람은 그 동안 똑바른 길을 따라서 용감하게 살아왔소. 그리고 우리는 어떤 어려움이 있더라도 얼마간 더 같은 길을 따라갈 것이오.

노라 (난로 쪽으로 움직이면서)
좋으실 대로 하세요, 토발드.

헬머 (그녀를 따라가면서)
자, 자, 내 작은 종달새가 날개를 떨어뜨리면 안 되지. 여길 봐! 내 작은 다람쥐가 화가 났나? (지갑을 꺼내면서) 노라, 여기 내가 뭘 가지고 있는지 알겠소?

노라 (재빨리 돌아서면서)
돈이요!

헬머 자. (그녀에게 돈을 준다) 크리스마스 때에 집안 살림을 하기 위해선 돈이 얼마나 많이 필요한지 내가 모르는 줄 아오?

노라 (돈을 세면서)
10실링, 1파운드, 2파운드, 고마워요 고마워, 토발드. 이 돈이면 한동안은 쓸 수 있겠어요.

헬머 정말 그래야지.

노라 그래요, 그럴 거예요. 여기 와서 제가 사온 것을 한 번 보세요. 아주 싸게 샀답니다! 보세요, 여기 이바르를 위해선 새로운 옷 한 벌, 봅은 칼과 말과 트럼펫, 에미한테는 인형과 인형 침대. 아주 평범한 것들이지요. 어쨌거나 에미가 그것들을 다 부셔버 리겠지요. 하녀들을 위해서 옷감과 손수건을 샀어요. 나이가 든 앤에게는 더 좋은 것을 주어야 하는데.

헬머 이 꾸러미 속에는 뭐가 들었소?

NORA   (*crying out*)

No, no! you mustn't see that until this evening.

HELMER   Very well. But now tell me, you extravagant little person, what would you like for yourself?

NORA   For myself? Oh, I am sure I don't want anything.

HELMER   Yes, but you must. Tell me something reasonable that you would particularly like to have.

NORA   No, I really can't think of anything—unless, Torvald—

HELMER   Well?

NORA   (*playing with his coat buttons, and without raising her eyes to his*)

If you really want to give me something, you might—you might—

HELMER   Well, out with it!

NORA   (*speaking quickly*)

You might give me money, Torvald. Only just as much as you can afford; and then one of these days I will buy something with it.

HELMER   But, Nora—

NORA   Oh, do! dear Torvald; please, please do! Then I will wrap it up[4] in beautiful gilt paper and hang it on the Christmas Tree. Wouldn't that be fun?

HELMER   What are little people called that are always wasting money?

---

4) wrap up: 둘러싸다, 결론을 내리다, 매듭짓다.

노라   (소리지르며)

안돼요, 안돼! 오늘밤까지는 보시면 안돼요.

헬머   좋아. 그러면 나에게 말해 주오. 이 사치스러운 귀염둥이야. 당신은 뭘 받고 싶소?

노라   저요? 전 아무것도 원치 않아요.

헬머   아니, 당신도 받아야 돼. 당신이 특별히 갖고 싶은 게 있으면 적당한 걸 말해보구려.

노라   아니에요, 전 아무것도 생각나지 않아요―만약, 토발드―.

헬머   그래?

노라   (외투 단추를 만지작거리면서, 눈을 들어 그를 쳐다보지도 않고)

만약 당신이 정말로 제게 뭔가를 주고 싶으시다면, 당신은 혹시 ―혹시―

헬머   자 빨리 말해보시오.

노라   (빨리 말하며)

토발드, 저에게 돈을 주셔도 되요. 당신이 줄 수 있는 만큼만요. 그러면 나중에 그 돈으로 뭘 사고 싶어요.

헬머   그런데, 노라?

노라   오, 그렇게 해주세요! 사랑하는 토발드. 제발, 제발 그렇게 해주세요. 그러면 제가 그것을 멋진 금박지에 싸서 크리스마스 나무에 달아놓을 거예요. 그게 재미있지 않겠어요?

헬머   항상 돈을 낭비하는 작은 사람들을 뭐라고 부르지?

NORA   Spendthrifts—I know. Let us do as I suggest, Torvald, and
            then I shall have time to think what I am most in want of.
            That is a very sensible plan, isn't it?

HELMER   (*smiling*)

            Indeed it is—that is to say, if you were really to save out of
            the money I give you, and then really buy something for
            yourself. But if you spend it all on the housekeeping and
            any number of unnecessary things, then I merely have to
            pay up again.

NORA   Oh but, Torvald—

HELMER   You can't deny it, my dear little Nora. (*Puts his arm round her
            waist.*) It's a sweet little spendthrift, but she uses up a deal
            of money. One would hardly believe how expensive such
            little persons are!

NORA   It's a shame to say that. I do really save all I can.

HELMER   (*laughing*)

            That's very true,—all you can. But you can't save
            anything!

NORA   (*smiling quietly and happily*)

            You haven't any idea how many expenses we skylarks and
            squirrels have, Torvald.

HELMER   You are an odd little soul. Very like your father. You
            always find some new way of wheedling money out of me,
            and, as soon as you have got it, it seems to melt in your
            hands. You never know where it has gone. Still, one must

노라 　방탕아죠. 토발드, 우리 제가 제안한 대로 해요. 그러면 저는 무엇이 가장 필요한 것인지 생각할 시간을 갖게 될 거예요. 그건 아주 현명한 계획이죠, 그렇잖아요?

헬머 　(미소를 지으며)

　　　말하자면, 정말 그렇소. 내가 당신에게 주는 돈을 정말로 절약해서 무엇인가 당신 자신을 위해 진짜로 산다면 말이오. 그런데 만약에 당신이 집안 일이나 다른 불필요한 일에 써버린다면, 그때 내가 다시 지불해야 할거요.

노라 　오 그렇지만, 토발드―

헬머 　당신은 부정할 수 없을 거요, 나의 사랑하는 작은 노라. (허리에 팔을 대고) 사랑스러운 작은 낭비꾼, 돈을 꽤 쓴단 말이야. 그런 귀여운 사람들이 얼마나 비싼지 사람들은 잘 알지 못 할 거요.

노라 　그런 말씀을 하시면 부끄러워요. 저는 제가 할 수 있는 한 돈을 모은답니다.

헬머 　(웃으면서)

　　　그 말 맞소. 당신이 할 수 있는 한. 그런데 당신은 별로 아끼는 게 없잖소.

노라 　(조용히 행복한 미소를 지으며)

　　　우리 종달새와 다람쥐들이 얼마나 많은 비용이 드는지 당신은 모르실 거예요, 토발드.

헬머 　당신은 괴팍한 귀염둥이요. 당신은 항상 나를 구슬려 돈을 빼내는 새로운 방법을 찾곤 해. 그리고 돈을 받자마자, 당신 손에서 돈이 녹아버리는 것 같아. 돈을 어디에 썼는지 당신은 결코 알 수 없을 거요. 하지만 당신을 있는 그대로 받아들여야 하지. 아

take you as you are. It is in the blood; for indeed it is true that you can inherit these things, Nora.

NORA Ah, I wish I had inherited many of papa's qualities.

HELMER And I would not wish you to be anything but just what you are, my sweet little skylark. But, do you know, it strikes me that you are looking rather—what shall I say—rather uneasy today?

NORA Do I?

HELMER You do, really. Look straight at me.

NORA (*looks at him*)

Well?

HELMER (*wagging his finger at her*)

Hasn't Miss Sweet Tooth been breaking rules in town today?

NORA No; what makes you think that?

HELMER Hasn't she paid a visit to the confectioner's[5]?

NORA No, I assure you, Torvald—

HELMER Not been nibbling[6] sweets[7]?

NORA No, certainly not.

HELMER Not even taken a bite at a macaroon or two?

NORA No, Torvald, I assure you really—

HELMER There, there, of course I was only joking.

NORA (*going to the table on the right*)

---

5) confectioner: 과자 제조인.

6) nibble: 조금씩 먹다, 아주 적은 양.

7) sweets: 사탕과자.

마 핏줄 속에 그것이 들어있는 것 같소. 노라, 이런 것이 유전된
다는 것은 사실일 거요.

노라 오, 저는 아빠의 성격을 많이 닮았으면 해요.

헬머 나는 그저 지금 당신 있는 그대로가 좋소. 내 작은 종달새여. 그
런데, 뭐랄까, 당신이 오늘 약간 불편해 보인다는 생각이 드는
구려.

노라 제가요?

헬머 정말 그렇소. 날 똑바로 쳐다보시오.

노라 (그를 바라본다.)
정말요?

헬머 (그녀에게 손가락을 흔들면서)
사탕 좋아하는 아가씨가 오늘 읍내에서 규정을 어긴 것은 아니
겠지?

노라 아녜요, 왜 그런 생각을 하세요?

헬머 사탕 가게에 들어간 것 아니오?

노라 그러지 않았어요. 정말로, 토발드—

헬머 사탕을 갉아먹고 있지 않았소?

노라 아니에요, 분명히 아니에요.

헬머 마카롱을 한 개나 두 개 쯤 깨물어 먹지 않았단 말이오?

노라 아니에요, 토발드, 전 정말 당신께 보장하지만—

헬머 자, 자, 물론 내가 그냥 농담하는 거요.

노라 (오른쪽 탁자로 가면서)

I should not think of going against your wishes.

HELMER   No, I am sure of that; besides, you gave me your word—
(*Going up to her.*) Keep your little Christmas secrets to yourself, my darling. They will all be revealed tonight when the Christmas Tree is lit, no doubt.

NORA   Did you remember to invite Doctor Rank?

HELMER   No. But there is no need; as a matter of course he will come to dinner with us. However, I will ask him when he comes in this morning. I have ordered some good wine. Nora, you can't think how I am looking forward to this evening.

NORA   So am I! And how the children will enjoy themselves, Torvald!

HELMER   It is splendid to feel that one has a perfectly safe appointment, and a big enough income. It's delightful to think of, isn't it?

NORA   It's wonderful!

HELMER   Do you remember last Christmas? For a full three weeks beforehand you shut yourself up every evening until long after midnight, making ornaments for the Christmas Tree, and all the other fine things that were to be a surprise to us. It was the dullest three weeks I ever spent!

NORA   I didn't find it dull.

HELMER   (*smiling*)
But there was precious little result, Nora.

저는 당신의 뜻을 어기고 가게에 갈 엄두도 내지 못해요.

헬머 물론, 나도 그것을 확신하오. 게다가 당신이 약속했잖소. (그녀에게 다가가면서) 여보, 당신의 크리스마스 비밀을 잘 감춰두구려. 크리스마스 나무에 불이 들어오는 오늘 밤, 그 모든 게 분명히 드러날 테니깐.

노라 랭크 박사님 초대하는 것 기억하세요?

헬머 그럴 필요가 없소. 저녁 식사를 하러 우리 집에 올 거요. 하지만 오늘 아침에 그가 들어오면 물어보겠소. 아주 좋은 포도주를 주문해 놓았다오. 노라, 당신은 내가 오늘밤을 얼마나 고대하는지 모를 거요.

노라 저도 그래요! 애들도 얼마나 좋아하는지 몰라요, 토발드!

헬머 완벽하게 안전한 자리에 임명을 받고, 상당한 수입을 갖게 된다고 느끼는 것은 정말 멋진 일이요. 생각할 때마다 즐겁지 않소, 그렇지 않소?

노라 훌륭해요!

헬머 지난 크리스마스 기억나오? 3주일 전부터 매일 밤 당신은 갇혀서 크리스마스 나무장식을 만들면서 자정이후까지 일을 하곤 했지. 우리를 놀라게 해 줄 멋진 것들을 만들면서 말이야. 그건 내가 지금까지 보낸 세월 중에서 가장 따분한 3주일이었소!

노라 전 따분하지 않았어요.

헬머 (미소를 지으면서)
그런데 아주 소중한 작은 결과가 있었지, 노라.

NORA   Oh, you shouldn't tease me about that again. How could I

           help the cat's going in and tearing everything to pieces?

HELMER   Of course you couldn't, poor little girl. You had the best of

           intentions to please us all, and that's the main thing. But

           it is a good thing that our hard times are over.

NORA   Yes, it is really wonderful.

HELMER   This time I needn't sit here and be dull all alone, and you

           needn't ruin your dear eyes and your pretty little hands —

NORA   (*clapping her hands*)

           No, Torvald, I needn't any longer, need I! It's wonderfully

           lovely to hear you say so! (*taking his arm*) Now I will tell you

           how I have been thinking we ought to arrange things,

           Torvald. As soon as Christmas is over — (*A bell rings in the hall.*)

           There's the bell. (*She tidies the room a little.*) There's some one

           at the door. What a nuisance!

HELMER   If it is a caller, remember I am not at home.

MAID   (*in the doorway*)

           A lady to see you, ma'am, — a stranger.

NORA   Ask her to come in.

MAID   (*To HELMER*)

           The doctor came at the same time, sir.

노라　오, 당신 다시 그것에 대해서 절 놀리시면 안돼요. 고양이가 들어와서 모든 것을 조각 조각으로 찢어버린 것을 전들 어떻게 하겠어요.

헬머　물론 당신은 어쩔 수가 없었지, 불쌍한 작은 여자. 당신이 우리 모두를 즐겁게 해주려고 한 의도는 훌륭한 것이었어. 그게 중요한 거야. 우리의 힘든 시절이 끝났다고 하는 것은 정말 좋은 일이야.

노라　그래요. 정말로 좋아요.

헬머　이번에는 여기 나 혼자 앉아서 따분하게 지낼 필요가 없게 되었소. 당신도 소중한 눈과 예쁜 조그마한 손을 혹사할 필요가 없어.

노라　(손뼉을 치면서)
그래요, 토발드. 이제 더 이상 그럴 필요가 없어요, 그렇죠! 당신이 그런 말씀을 하시는 것을 들으니 너무너무 기뻐요! (그의 손을 붙들면서) 제가 지금까지 생각해 온 것을 말씀드릴게요. 우린 정리를 해야만 해요, 토발드. 크리스마스가 끝나자마자. (현관에서 종소리가 울린다.) 종소리가 들리네요. (그녀는 방을 약간 치운다.) 누가 현관에 왔어요. 귀찮게시리!

헬머　만약에 방문객이면 난 집에 없는 거요.

하녀　(문켠에서)
마님, 어떤 낯선 사람이 마님을 찾는데요.

노라　들어오시라고 해.

하녀　(헬머에게)
의사 선생님께서 동시에 도착했어요.

| HELMER | Did he go straight into my room? |
| MAID | Yes, sir. |

(HELMER goes into his room. The MAID ushers in MRS. LINDE, who is in travelling dress, and shuts the door.)

| MRS. LINDE | *(in a dejected and timid voice).* How do you do, Nora? |
| NORA | *(doubtfully)* |

How do you do—

MRS. LINDE	You don't recognize me, I suppose.
NORA	No, I don't know—yes, to be sure, I seem to—*(suddenly).* Yes! Christine! Is it really you?
MRS. LINDE	Yes, it is I.
NORA	Christine! To think of my not recognizing you! And yet how could I—*(in a gentle voice).* How you have altered[8], Christine!
MRS. LINDE	Yes, I have indeed. In nine, ten long years—
NORA	Is it so long since we met? I suppose it is. The last eight years have been a happy time for me, I can tell you. And so now you have come into the town, and have taken this long journey in winter—that was plucky of you.
MRS. LINDE	I arrived by steamer this morning.
NORA	To have some fun at Christmas-time, of course. How delightful! We will have such fun together! But take off your things. You are not cold, I hope. *(Helps her.)* Now we will sit down by the stove, and be cosy. No, take this

---

8) alter: 바꾸다, 변경하다.

| 헬머 | 내 방으로 곧장 들어가셨나? |
| 하녀 | 예. |

(헬머는 자기 방으로 들어간다. 하녀가 여행복을 입고 있는 린드 부인을 안내하고, 문을 닫는다.)

| 린드 부인 | (침울하고 소심한 목소리로) |

안녕, 노라.

| 노라 | (의심쩍게) |

안녕하세요ㅡ.

| 린드 부인 | 나를 못 알아보는 것 같은데ㅡ. |

| 노라 | 예, 잘 모르겠어요ㅡ. 그래요, 분명히, 전 별로ㅡ(갑자기) 그래! 크리스틴! 정말 너 맞니? |

| 린드 부인 | 그래, 나야. |

| 노라 | 크리스틴! 내가 너를 못 알아보다니! 근데 어떻게 내가ㅡ(부드러운 목소리로) 크리스틴, 너 참 변했어! |

| 린드 부인 | 맞아, 정말이야. 9년, 10년의 긴 세월동안ㅡ. |

| 노라 | 우리가 만난 지 그렇게 오래 되었니? 그런 것 같아. 지난 8년은 내겐 행복한 시간이었어. 난 그렇게 말할 수 있어. 그래, 네가 이제 읍내로 들어왔구나, 그리고 겨울에 이렇게 긴 여행을 하다니ㅡ. 넌 참 용감하기도 하지. |

| 린드 부인 | 오늘 아침에 기선으로 도착했어. |

| 노라 | 물론, 크리스마스를 재밌게 보내려고. 너무 기뻐! 우리 함께 재미있는 시간을 보내자! 옷을 벗지 그래. 추운 거 아니지. (그녀를 돕는다.) 우리 난로 곁에 앉아서 편안하게 있자. 아니야, 이 안락의자에 앉아. 난 여기 흔들의자에 앉을게. (그녀의 손을 잡는다.) |

armchair; I will sit here in the rocking-chair. (*Takes her hands.*) Now you look like your old self again; it was only the first moment—You are a little paler, Christine, and perhaps a little thinner.

MRS. LINDE And much, much older, Nora.

NORA Perhaps a little older; very, very little; certainly not much. (*Stops suddenly and speaks seriously.*) What a thoughtless creature I am, chattering[9] away like this. My poor, dear Christine, do forgive me.

MRS. LINDE What do you mean, Nora?

NORA (*gently*)
Poor Christine, you are a widow.

MRS. LINDE Yes; it is three years ago now.

NORA Yes, I knew; I saw it in the papers. I assure you, Christine, I meant ever so often to write to you at the time, but I always put it off and something always prevented me.

MRS. LINDE I quite understand, dear.

NORA It was very bad of me, Christine. Poor thing, how you must have suffered. And he left you nothing?

MRS. LINDE No.

NORA And no children?

MRS. LINDE No.

NORA Nothing at all, then.

---

9) chatter: 울어대다, 재잘재잘 지껄이다.

이제 너 옛날 모습으로 보여. 단지 맨 처음에만 달리 보였어. 크리스틴, 넌 약간 더 창백하고 약간 더 야윈 것 같아.

린드 부인　그리고 많이, 많이 늙었지, 노라.

노라　그래 약간 늙은 것 같아. 아주, 아주 조금. 그렇게 많이는 아니고. (갑자기 말을 멈추고 진지하게 이야기한다.) 난 참 생각 없는 사람이구나. 이처럼 지껄이다니. 나의 불쌍하고 사랑하는 크리스틴, 날 용서해 줘.

린드 부인　무슨 말이니, 노라?

노라　(부드럽게)
불쌍한 크리스틴. 넌 과부가 됐잖아.

린드 부인　그래. 지금부터 3년 전이야.

노라　그래, 나도 알아. 신문에서 봤어. 크리스틴, 내가 그 때 너에게 편지를 쓰려고 그렇게 자주 생각은 했었는데 항상 연기하고 말았어. 뭔가가 항상 나를 방해했어.

린드 부인　나도 잘 이해해.

노라　크리스틴. 내가 참 못됐어. 불쌍하게도, 얼마나 고통스러웠을까. 남편이 남긴 것도 없다면서?

린드 부인　없어.

노라　아이들도 없지?

린드 부인　없어.

노라　그러면, 아무것도 없네.

MRS. LINDE	Not even any sorrow or grief to live upon.

NORA *(looking incredulously at her)*

But, Christine, is that possible?

MRS. LINDE *(smiles sadly and strokes her hair)*. It sometimes happens, Nora.

NORA So you are quite alone. How dreadfully sad that must be. I have three lovely children. You can't see them just now, for they are out with their nurse. But now you must tell me all about it.

MRS. LINDE No, no; I want to hear about you.

NORA No, you must begin. I mustn't be selfish today; today I must only think of your affairs. But there is one thing I must tell you. Do you know we have just had a great piece of good luck?

MRS. LINDE No, what is it?

NORA Just fancy, my husband has been made manager of the Bank!

MRS. LINDE Your husband? What good luck!

NORA Yes, tremendous[10]! A barrister's[11] profession is such an uncertain thing, especially if he won't undertake unsavory [12] cases; and naturally Torvald has never been willing to do that, and I quite agree with him. You may imagine how pleased we are! He is to take up his work in the Bank at

---

10) tremendous: 엄청나게 큰, 무서운, 굉장한.
11) barrister: 법률가, 변호사.
12) unsavory: 고약한 냄새가 나는, 불미한.

린드 부인	더불어 살만한 슬픔이나 고통도 없는 셈이지.
노라	(그녀를 못 믿겠다는 듯이 바라보면서)
	그런데 크리스틴, 그게 가능하니?
린드 부인	(서글프게 미소지으면서 그녀의 머리를 쓰다듬는다.)
	노라, 가끔씩 그런 일이 있단다.
노라	넌 정말 혼자구나. 그건 얼마나 끔찍하게 슬픈 일일까. 나는 사랑스러운 아이가 셋이 있어. 보모랑 같이 나가서 지금 애들을 볼 순 없어. 자, 그 일에 대해서 나에게 모든 걸 말해봐.
린드 부인	아니야, 아니야. 난 너에 대해서 듣고 싶어.
노라	아니야, 너의 얘기를 해. 나는 오늘 이기적이 되면 안 돼. 오늘 나는 네 일만 생각할 거야. 그런데 내가 한 가지 할 이야기가 있어. 우리가 바로 직전에 엄청난 행운을 얻게 된 거 아니?
린드 부인	몰라, 그게 뭔데?
노라	생각해 봐. 내 남편이 은행장이 되었단다!
린드 부인	네 남편이? 참 잘됐구나!
노라	그래, 정말 잘 된 거야! 변호사의 직업이란 게 참 불확실하잖아. 특히, 마땅치 않은 사건은 도무지 맡지 않으려고 한다면 말이야. 천성적으로 토발드는 그런 일을 하려고 하지 않아, 나도 그 점은 동의해. 우리가 얼마나 기쁜지 네가 상상할 수 있겠지! 신년이 되면 은행에서 그 일을 하게 될 거야. 봉급도 많이 받을

the New Year, and then he will have a big salary and lots of commissions. For the future we can live quite differently —we can do just as we like. I feel so relieved and so happy, Christine! It will be splendid to have heaps of money and not need to have any anxiety, won't it?

MRS. LINDE   Yes, anyhow I think it would be delightful to have what one needs.

NORA   No, not only what one needs, but heaps and heaps of money.

MRS. LINDE   (*smiling*) Nora, Nora, haven't you learned sense yet? In our schooldays you were a great spendthrift.

NORA   (*laughing*)
Yes, that is what Torvald says now. (*Wags*[13] *her finger at her.*) But "Nora, Nora" is not so silly as you think. We have not been in a position for me to waste money. We have both had to work.

MRS. LINDE   You too?

NORA   Yes; odds and ends[14], needlework, crotchet-work, embroidery, and that kind of thing. (*Dropping her voice.*) And other things as well. You know Torvald left his office when we were married? There was no prospect of promotion there, and he had to try and earn more than before. But during the first year he over-worked himself dreadfully.

---

13) wag: 흔들리다, 쉴 새 없이 움직이다, 진행하다.
14) odds and ends: 부스러기, 잡동사니.

거고, 권한도 많이 생겨. 앞으로 우리는 아주 다른 삶을 살 거
야. 우리가 원하는 것을 할 수 있어. 난 참 마음이 가볍고 행복
해, 크리스틴! 돈이 많은 것은 참 행복한 일일 거야. 그리고 걱
정할 필요가 없는 것도, 그렇지 않니?

린드 부인 그래, 어쨌든 필요한 것을 갖는 것은 참 즐거운 일이야.

노라 아니, 필요한 것뿐만 아니라, 돈이 엄청 많은 거 말이야.

린드 부인 (미소를 띠면서)

노라, 노라, 너 아직도 철이 들지 않았니? 학창 시절에 넌 정말
엄청난 낭비가였어.

노라 (웃으면서)

그래, 토발드가 지금도 그런 말을 해. (그녀에게 손가락을 흔든다.) 그
런데 "노라, 노라"는 네가 생각하는 것처럼 철이 없지 않아. 우
리는 돈을 낭비할 만한 처지에 있지 않았어. 우리 둘 다 일을
해야만 했었어.

린드 부인 너도 말이니?

노라 그래. 온갖 잡동사니 일을 했지, 바느질도 하고, 자수, 수예, 그
런 종류의 일 말이야. (목소리를 낮추면서) 그리고 다른 일도 했어.
우리가 결혼했을 때 토발드가 직장을 그만두었잖아. 그 곳에서
는 승진할 수 있는 전망이 없었어. 그래서 그는 예전보다 더 열
심히 일하고 돈을 벌어야 했었지. 그런데 그 첫 해 동안에 그이
가 그만 끔찍하게도 과로하고 말았어.

You see, he had to make money every way he could, and he worked early and late; but he couldn't stand it, and fell dreadfully ill, and the doctors said it was necessary for him to go south.

MRS. LINDE   You spent a whole year in Italy, didn't you?

NORA   Yes. It was no easy matter to get away, I can tell you. It was just after Ivar was born; but naturally we had to go. It was a wonderfully beautiful journey, and it saved Torvald's life. But it cost a tremendous lot of money, Christine.

MRS. LINDE   So I should think.

NORA   It cost about two hundred and fifty pounds. That's a lot, isn't it?

MRS. LINDE   Yes, and in emergencies[15] like that it is lucky to have the money.

NORA   I ought to tell you that we had it from papa.

MRS. LINDE   Oh, I see. It was just about that time that he died, wasn't it?

NORA   Yes; and, just think of it, I couldn't go and nurse him. I was expecting little Ivar's birth every day and I had my poor sick Torvald to look after. My dear, kind father—I never saw him again, Christine. That was the saddest time I have known since our marriage.

MRS. LINDE   I know how fond you were of him. And then you went off to Italy?

---

15) emergency: 돌발사태, 비상사태.

너도 보다시피 그는 자기가 할 수 있는 모든 방법을 동원해서
돈을 벌어야만 했었어. 아침 일찍부터 늦게까지 일했어. 그런데
도저히 감당할 수가 없어서 병에 걸린 거야. 의사들이 말하기를
남쪽으로 요양을 가야한다고 말했어.

린드 부인 넌 이태리에서 1년을 보냈지, 그렇지 않니?

노라 맞아, 멀리 떠나가는 게 쉬운 일은 아니었어, 내가 말하지만. 이
바르가 태어난 바로 직후였잖니. 그런데 물론 우리는 가야 했었
지. 그건 정말 멋지게 아름다운 여행이었어. 토발드의 목숨도
살렸고. 그런데 크리스틴, 그건 엄청난 돈이 들었단다.

린드 부인 그럴 만도 하지.

노라 250파운드가 들었어. 그건 엄청난 돈이야, 그렇지 않니?

린드 부인 그래, 그런 비상시에 돈이 있다는 건 행운이야.

노라 아빠로부터 그 돈을 받았다고 해야겠지.

린드 부인 아, 그래. 아버지가 돌아가신 때가 그때쯤 아니었니, 그렇지!

노라 맞아. 생각을 해 보면, 내가 가서 아빠를 간호해 드릴 수가 없었
어. 나는 거의 매일 이바르가 태어나길 기다리고 있었고, 나의
불쌍한 병든 토발드를 간호해야만 했었어. 나의 사랑하는 친절
한 아버지, 나는 다시 그 분을 보지 못했어, 크리스틴. 그 때가
우리 결혼 이후로 가장 슬픈 때였지.

린드 부인 난 네가 아빠를 얼마나 좋아했는지 알고 있어. 그 후에 이태리
에 갔었니?

NORA   Yes; you see we had money then, and the doctors insisted
            on our going, so we started a month later.

MRS. LINDE And your husband came back quite well?

NORA   As sound as a bell[16]!

MRS. LINDE But—the doctor?

NORA   What doctor?

MRS. LINDE I thought your maid said the gentleman who arrived here
            just as I did, was the doctor?

NORA   Yes, that was Doctor Rank, but he doesn't come here
            professionally. He is our greatest friend, and comes in at
            least once everyday. No, Torvald has not had an hour's
            illness since then, and our children are strong and healthy
            and so am I. (*Jumps up and claps her hands.*) Christine! Christine!
            it's good to be alive and happy!—But how horrid of me; I
            am talking of nothing but my own affairs. (Sits on a stool near
            her, and rests her arms on her knees.) You mustn't be angry with
            me. Tell me, is it really true that you did not love your
            husband? Why did you marry him?

MRS. LINDE My mother was alive then, and was bedridden and helpless,
            and I had to provide for my two younger brothers; so I did
            not think I was justified in refusing his offer.

NORA   No, perhaps you were quite right. He was rich at that time,
            then?

---

16) As sound as a bell: 아주 건강한, 매우 상태가 좋은.

노라	그래. 그때는 우리에게 돈이 생겼지. 그리고 의사들이 가라고 권유했고, 우린 한 달 후에 출발했어.
린드 부인	남편이 완전히 나아서 돌아왔어?
노라	아주 건강하게 돌아왔지!
린드 부인	그런데 ─ 그 의사는?
노라	무슨 의사?
린드 부인	여기 나와 함께 도착한 신사 분이 의사라고 하녀가 말하는 것 같던데?
노라	아, 랭크 박사, 여기 진료하러 오신 것이 아냐. 우리의 가장 친한 친구지. 적어도 매일 한번은 들르셔. 토발드는 그때 이래로 한 시간도 아파 본 적이 없어. 우리 아이들도 건강하고 튼튼해, 나도 그렇고. (벌떡 일어나서 손뼉을 친다.) 크리스틴! 크리스틴! 살아서 행복하다는 건 좋은 일이야! 그런데 난 참 못됐다. 내 일만 말하고 있잖아. (그녀 옆의 의자에 앉는다. 그리고 그녀의 무릎 위에 그녀의 팔을 놓는다.) 내게 화를 내지 마. 그런데 네가 남편을 사랑하지 않았다는 말은 정말이니? 왜 그와 결혼했어?
린드 부인	어머니가 그때는 살아 계셨어. 침대에 누워서 아무런 일도 할 수 없었지. 그리고 나는 내 두 동생을 부양해야만 했었어. 그래서 나는 그의 결혼 제안을 거절할 명분이 없었어.
노라	아니야, 네가 정말 옳았어. 그때는 그가 부자였지?

MRS. LINDE   I believe he was quite well off. But his business was a precarious[17] one; and, when he died, it all went to pieces and there was nothing left.

NORA   And then?—

MRS. LINDE   Well, I had to turn my hand to anything I could find—first a small shop, then a small school, and so on. The last three years have seemed like one long working-day, with no rest. Now it is at an end, Nora. My poor mother needs me no more, for she is gone; and the boys do not need me either; they have got situations and can shift for themselves.

NORA   What a relief you must feel if—

MRS. LINDE   No, indeed; I only feel my life unspeakably empty. No one to live for anymore. (*Gets up restlessly.*) That was why I could not stand the life in my little backwater[18] any longer. I hope it may be easier here to find something which will busy me and occupy my thoughts. If only I could have the good luck to get some regular work—office work of some kind—

NORA   But, Christine, that is so frightfully tiring, and you look tired out now. You had far better go away to some watering-place[19].

---

17) precarious: 남에게 의지할 수밖에 없는, 불안정한, 위험한.
18) backwater: 침체한 환경.
19) watering-place: 온천장, 해수욕장.

| 린드 부인 | 꽤 부유했다고 생각해. 그런데 그의 사업은 불안한 것이었어. 그가 죽었을 때에는 모든 것이 산산조각이 나버리고 아무것도 남은 것이 없었어. |

린드 부인　꽤 부유했다고 생각해. 그런데 그의 사업은 불안한 것이었어. 그가 죽었을 때에는 모든 것이 산산조각이 나버리고 아무것도 남은 것이 없었어.

노라　그 다음엔—?

린드 부인　글쎄, 내가 할 수 있는 일이라면 아무 것이나 해야만 했었어—. 처음에는 조그만 가게를, 그 다음에는 작은 학원 등 말이야. 지난 3년의 세월은 쉴 수가 없는 기나긴 하루 동안의 근무와 같았어. 이제 그건 끝났어. 노라! 이제 불쌍한 어머니는 날 필요로 하지 않으셔. 돌아가셨거든. 동생들도 나를 필요로 하지 않아. 각자 살 길을 찾아서 스스로 꾸려갈 수가 있지.

노라　넌 참 홀가분하겠다. 만약—.

린드 부인　아니야, 사실은 내 인생이 말할 수 없이 공허하게 느껴져. 더 이상 위하여 살아갈 사람이 아무도 없다니 말이야. (초조한 듯 일어선다.) 그게 바로 내가 더 이상 열악한 환경 속에서의 삶을 견딜 수 없게 된 이유야. 여기선 나를 바쁘게 하고 내 생각을 사로잡을 어떤 일을 찾기가 쉬울 거라고 생각한 거지. 어떤 정규직을 구할 수 있는 행운이 있다면 말이야. 이를테면 사무실 일 같은 것 말이지.

노라　그런데, 크리스틴, 그건 정말 끔찍하게도 지겨운 일이잖아. 그리고 넌 지금 지쳐 보여. 넌 차라리 휴양지로 가는 게 좋겠어.

MRS. LINDE   (*walking to the window*)

I have no father to give me money for a journey, Nora.

NORA   (*rising*)

Oh, don't be angry with me!

MRS. LINDE   (*going up to her*)

It is you that must not be angry with me, dear. The worst of a position like mine is that it makes one so bitter. No one to work for, and yet obliged to be always on the lookout[20] for chances. One must live, and so one becomes selfish. When you told me of the happy turn your fortunes have taken—you will hardly believe it—I was delighted not so much on your account as on my own.

NORA   How do you mean?—Oh, I understand. You mean that perhaps Torvald could get you something to do.

MRS. LINDE   Yes, that was what I was thinking of.

NORA   He must, Christine. Just leave it to me; I will broach[21] the subject very cleverly—I will think of something that will please him very much. It will make me so happy to be of some use to you.

MRS. LINDE   How kind you are, Nora, to be so anxious to[22] help me! It is doubly kind in you, for you know so little of the burdens and troubles of life.

NORA   I—? I know so little of them?

---

20) lookout: 경계, 파수꾼, 감시소.
21) broach: 구멍을 내다, 끄집어내다, 꼬챙이.
22) be anxious to: 몹시 하고 싶어 하는.

| 린드 부인 | (창문 쪽으로 걸어가면서) |

난 여행을 할 만한 돈을 주실 아버지가 안 계신단다, 노라.

| 노라 | (일어서면서) |

오, 화내지 마!

| 린드 부인 | (그녀에게 다가가면서) |

나한테 화를 내지 않아야 될 사람은 바로 너야. 나와 같은 최악의 경우가 사람을 가혹하게 만드나 봐. 위하여 일 할 사람도 없고 항상 기회를 좇아 관망해야만 하다니. 살아야 하기 때문에, 이기적으로 되나봐. 네가 나에게 새로 찾아온 행운에 대해서 말했을 때─그 말을 믿지 않겠지만─너 때문이 아니고 나 때문에 오히려 기뻤단다.

| 노라 | 무슨 말이니? 오, 맞아. 아마 토발드가 너에게 뭔가 할 일을 줄 수 있다는 말이지. |

| 린드 부인 | 그래, 그게 바로 내가 생각하고 있었던 거야. |

| 노라 | 크리스틴, 그가 그럴 수 있을 거야. 내게 맡겨 둬. 내가 아주 현명하게 그 일을 이야기할게. 그를 아주 기쁘게 할 만한 어떤 것을 생각해 내겠어. 네게 쓸모가 있게 된다니 난 정말 기뻐. |

| 린드 부인 | 참 친절하구나, 노라. 나를 그렇게 기꺼이 도와주겠다니! 넌 정말 두 배로 친절해. 사실 넌 인생의 무거운 짐이나 문제 거리를 별로 알지 못하니 말이지. |

| 노라 | 내가? 내가 별로 고통을 모른다고? |

MRS. LINDE   (*smiling*)

My dear! Small household cares and that sort of thing! —
You are a child, Nora.

NORA   (*tosses her head and crosses the stage*)

You ought not to be so superior.

MRS. LINDE   No?

NORA   You are just like the others. They all think that I am
incapable of anything really serious —

MRS. LINDE   Come, come —

NORA   —that I have gone through nothing in this world of cares.

MRS. LINDE   But, my dear Nora, you have just told me all your troubles.

NORA   Pooh! — those were trifles. (*Lowering her voice.*) I have not told
you the important thing.

MRS. LINDE   The important thing? What do you mean?

NORA   You look down upon me altogether, Christine — but you
ought not to. You are proud, aren't you, of having worked
so hard and so long for your mother?

MRS. LINDE   Indeed, I don't look down on anyone. But it is true that I
am both proud and glad to think that I was privileged to[23]
make the end of my mother's life almost free from care.

NORA   And you are proud to think of what you have done for
your brothers?

MRS. LINDE   I think I have the right to be.

---

23) was privileged to: 특권을 받은.

린드 부인	(웃으면서)
	그래! 자질구레한 집안 일이나 그런 종류의 일 뿐이잖아! 넌 어린 아이야, 노라.
노라	(그녀의 머리를 치켜들고 무대를 가로지른다.)
	그렇게 우월감을 가지면 안 돼.
린드 부인	안 된다고?
노라	너도 다른 사람들과 똑같구나. 내가 정말로 진지한 어떤 일은 할 수 없다고 생각하지―.
린드 부인	자, 자―.
노라	―그래서 내가 이 근심 많은 세상에서 어떤 것도 경험해 보지 못했다고 말이야.
린드 부인	그렇지만, 사랑하는 노라. 네가 나에게 너의 모든 골칫거리를 금방 말해 주었잖아.
노라	푸! 그건 하찮은 것들이야. (그녀의 목소리를 낮추면서) 난 네게 중요한 일을 말하지 않았어.
린드 부인	중요한 일? 무슨 말이니?
노라	넌 나를 내려보고 있지만 크리스틴, 그렇게 하면 안 돼. 넌 그토록이나 오랫동안, 그토록 열심히 네 어머니를 위해 일 한 것에 대해서 자랑스러워하지 않니?
린드 부인	정말 난 아무도 내려보지 않아. 그렇지만, 나는 내 어머니의 인생의 끝부분을 거의 아무 걱정 없이 만들어 드린 것은 특권이었다고 생각하기에 자랑스럽고 기쁜 건 사실이야.
노라	그리고 네 동생들을 위해서 해 준 것도 자랑스럽게 생각하지?
린드 부인	나는 그럴 권리가 있다고 생각해.

NORA   I think so, too. But now, listen to this; I too have something to be proud and glad of.

MRS. LINDE   I have no doubt you have. But what do you refer to?

NORA   Speak low. Suppose Torvald were to hear! He mustn't on any account—no one in the world must know, Christine, except you.

MRS. LINDE   But what is it?

NORA   Come here. (*Pulls her down on the sofa beside her.*) Now I will show you that I too have something to be proud and glad of. It was I who saved Torvald's life.

MRS. LINDE   "Saved"? How?

NORA   I told you about our trip to Italy. Torvald would never have recovered if he had not gone there—

MRS. LINDE   Yes, but your father gave you the necessary funds.

NORA   (*smiling*)
Yes, that is what Torvald and all the others think, but—

MRS. LINDE   But—

NORA   Papa didn't give us a shilling. It was I who procured[24] the money.

MRS. LINDE   You? All that large sum?

NORA   Two hundred and fifty pounds. What do you think of that?

MRS. LINDE   But, Nora, how could you possibly do it? Did you win a prize in the Lottery?

---

24) procure: 손에 넣다, 초래하다, 주선하다.

노라　　　나도 같은 생각이야. 그런데 내 말 좀 들어봐. 나도 또한 기쁘고 자랑스러워 할 일이 있어.

린드 부인　　너도 물론 그렇겠지. 근데 어떤 것을 말하는 거니?

노라　　　작게 얘기해. 만약 토발드가 듣는다면! 그는 무슨 일이 있어도 절대로 들어선 안 돼. 이 세상에 아무도 알아선 안 돼. 크리스틴 너만 빼고 말이야.

린드 부인　　그게 뭔데?

노라　　　이리 와봐. (그녀 옆의 소파로 그녀를 당겨 앉힌다.) 이제 너에게 나도 또한 기뻐하고 자랑스러워 할 만한 어떤 것이 있다는 걸 말해줄게. 토발드의 생명을 구한 건 바로 나였어.

린드 부인　　"목숨을 구했다"고? 어떻게?

노라　　　이태리 여행에 대해서 네게 말했지. 만약 거기를 가지 않았다면 토발드는 결코 회복하지 못했을 거야―.

린드 부인　　그래. 그렇지만 너의 아버지가 너에게 필요한 돈을 주셨잖아.

노라　　　(웃으면서)
　　　　　그래. 토발드나 다른 모든 사람들은 그렇게 생각하지. 그런데
　　　　　―.

린드 부인　　그런데―.

노라　　　아빠는 우리에게 한 푼도 주지 않으셨어. 돈을 구한 것은 바로 나였어.

린드 부인　　네가? 그 많은 돈을?

노라　　　250파운드지. 어떻게 생각해?

린드 부인　　그런데 노라, 어떻게 네가 그게 가능했지? 복권에 당첨이라도 됐니?

NORA   (*contemptuously*)

In the Lottery? There would have been no credit in that.

MRS. LINDE   But where did you get it from, then?

NORA   (*humming and smiling with an air of mystery*) Hm, hm! Aha!

MRS. LINDE   Because you couldn't have borrowed it.

NORA   Couldn't I? Why not?

MRS. LINDE   No, a wife cannot borrow without her husband's consent.

NORA   (*tossing her head*)

Oh, if it is a wife who has any head for business — a wife

who has the wit to be a little bit clever —

MRS. LINDE   I don't understand it at all, Nora.

NORA   There is no need you should. I never said I had borrowed

the money. I may have got it some other way. (*Lies back on

the sofa.*) Perhaps I got it from some other admirer. When

anyone is as attractive as I am —

MRS. LINDE   You are a mad creature.

NORA   Now, you know you're full of curiosity, Christine.

MRS. LINDE   Listen to me, Nora dear. Haven't you been a little bit

imprudent[25]?

NORA   (*sits up straight*)

Is it imprudent to save your husband's life?

MRS. LINDE   It seems to me imprudent, without his knowledge, to —

NORA   But it was absolutely necessary that he should not know!

My goodness, can't you understand that? It was necessary

---

25) imprudent: 무분별한, 경솔한.

노라　　　(경멸적으로)

　　　　　복권이라구? 복권은 믿을 게 아니야.

린드 부인　　그러면 도대체 어디서 그 돈을 구했단 말이야?

노라　　　(콧노래를 부르며 애매한 웃음을 지으면서) 흠, 흠! 아하!

린드 부인　　네가 그 돈을 빌릴 수는 없었을 텐데.

노라　　　빌릴 수 없다고? 왜 안 돼?

린드 부인　　안 돼지. 부인은 남편의 동의 없이 빌릴 수 없으니까.

노라　　　(머리를 쳐들며)

　　　　　오, 사업 수완이 있는 부인이라면 어떨까. 약간 현명하게 처신

　　　　　할 수 있는 부인 말이야.

린드 부인　　난 도무지 이해를 못하겠다, 노라.

노라　　　네가 이해 할 필요는 없어. 내가 돈을 빌렸다고 말하지 않았어.

　　　　　내가 다른 방식으로 돈을 얻었을 수도 있지. (소파에 기대고 앉는다.)

　　　　　혹시 내가 그 돈을 나를 흠모하는 사람으로부터 얻었을 수도 있

　　　　　지. 나만큼 매력적인 사람인 경우엔 말이야.

린드 부인　　너 정신 나갔구나.

노라　　　크리스틴, 이제 궁금해 죽겠지?

린드 부인　　사랑하는 노라, 내 말 좀 들어봐. 너 약간 경솔했던 건 아니니?

노라　　　(똑바로 앉는다.)

　　　　　남편의 생명을 구하는 것이 경솔한 거야?

린드 부인　　남편 모르게 뭘 한다면, 나에게는 경솔한 것처럼 보여－.

노라　　　그렇지만 절대적으로 남편이 알아서는 안 되는 것이었어. 정말,

　　　　　그걸 이해할 수 없니? 그가 얼마나 위험한 상태에 있는지 그가

he should have no idea what a dangerous condition he was in. It was to me that the doctors came and said that his life was in danger, and that the only thing to save him was to live in the south. Do you suppose I didn't try, first of all, to get what I wanted as if it were for myself? I told him how much I should love to travel abroad like other young wives; I tried tears and entreaties[26] with him; I told him that he ought to, remember the condition I was in, and that he ought to be kind and indulgent to me; I even hinted that he might raise a loan. That nearly made him angry, Christine. He said I was thoughtless, and that it was his duty as my husband not to indulge me in[27] my whims and caprices[28] —as I believe he called them. Very well, I thought, you must be saved—and that was how I came to devise a way out of the difficulty—

MRS. LINDE   And did your husband never get to know from your father that the money had not come from him?

NORA   No, never. Papa died just at that time. I had meant to let him into the secret and beg him never to reveal it. But he was so ill then—alas, there never was any need to tell him.

MRS. LINDE   And since then have you never told your secret to your husband?

---

26) entreaty: 간청, 탄원.
27) indulge ~~ in: ~~에 탐닉하다, 과음하다, 만족시키다.
28) whims and caprices: 일시적인 기분, 변덕.

몰라야 했단 말이야. 의사들이 와서 그의 생명이 위험하다고 바로 나에게 말했어. 그리고 그를 구할 수 있는 유일한 방법은 남쪽에 가서 사는 것이었어. 내가 원했던 것을 얻기 위하여 처음엔 그 일이 마치 내 자신을 위한 것인 양 시도했다고 생각하지 않니? 나는 다른 젊은 부인들처럼 내가 얼마나 해외로 여행하고 싶어하는지를 그에게 말했어. 눈물도 흘렸고 그에게 간청도 해보았지. 내가 처해 있는 처지를 그가 기억하도록 이야기했고, 나에게 친절하고 관대해야 한다고 얘기를 했지. 심지어 나는 차용금을 얻으라고 힌트까지 주었어. 크리스틴, 그 일은 그를 거의 화나게 만들었어. 내가 생각이 없다고 그가 말했고, 나의 남편으로서 내가 변덕과 일시적인 기분에 휩쓸리지 않도록 하는 것이 그의 의무라고 말했지. 내 생각에 그가 그렇게 말했던 것 같아. 난 생각했어, 좋아, 당신 목숨을 구해야 겠어요. 그래서 어려운 상황에서 한 방법을 착안해내기에 이른 거야.

린드 부인   그리고 네 남편은 그 돈이 네 아버지한테서 온 것이 아니라는 사실을 정말 몰랐단 말이야?

노라   아니, 절대 몰랐어. 아빠가 바로 그맘때 돌아가셨거든. 난 사실 아빠에게 비밀을 털어놓고 절대 그것을 누설하지 말라고 간청하려고 했었어. 그런데 그 때, 아빠가 너무 아프셨고, 아빠에게 말할 필요가 없게 되었어.

린드 부인   그때 이래로 넌 네 남편에게 비밀을 말하지 않았고?

NORA　　Good Heavens, no! How could you think so? A man who has such strong opinions about these things! And besides, how painful and humiliating it would be for Torvald, with his manly independence, to know that he owed me anything! It would upset[29] our mutual[30] relations altogether; our beautiful happy home would no longer be what it is now.

MRS. LINDE　　Do you mean never to tell him about it?

NORA　　*(meditatively, and with a half smile)*

Yes — someday, perhaps, after many years, when I am no longer as nice-looking as I am now. Don't laugh at me! I mean, of course, when Torvald is no longer as devoted to me as he is now; when my dancing and dressing-up and reciting have palled on[31] him; then it may be a good thing to have something in reserve[32] — *(breaking off)*. What nonsense! That time will never come. Now, what do you think of my great secret, Christine? Do you still think I am of no use? I can tell you, too, that this affair has caused me a lot of worry. It has been by no means easy for me to meet my engagements[33] punctually. I may tell you that there is something that is called, in business, quarterly

---

29) upset: 전복시키다, 패배시키다, 당황하게 하다, 병들게 하다.

30) mutual: 상호간의.

31) pall on: 흥미를 잃다.

32) in reserve: 따로 떼어 둔, 남겨둔.

33) engagement: 서약, 약혼, 고용.

노라　맙소사, 안되지! 어떻게 그런 생각을 할 수 있니? 이런 일에 대해서 그토록 강한 의견을 갖고 있는 사람에게! 게다가 토발드에게는 얼마나 고통스럽고 굴욕적인 것이 되겠니. 남성다운 독립심을 가지고 살아가는 그가 내게 뭔가를 빚진 게 있다는 것을 알게 된다면! 우리 두 사람의 관계를 망쳐버릴 거야. 우리 행복하고 아름다운 가정이 지금의 이런 모습으로 있지 않게 될 터였어.

린드 부인　네 남편에게 그 일에 대해서 전혀 말하지 않을 생각이니?

노라　(생각에 잠긴 듯, 반쯤 미소를 띠고)
그래, 아마도 몇 년이 지나서 언젠가 내가 지금처럼 예쁘게 보이지 않을 때. 웃지 마! 내 말은 토발드가 더 이상 지금처럼 나에게 헌신적이지 않을 때를 말하는 거야. 내가 춤추는 것과 옷을 차려입는 것과 노래 부르는 것이 그를 싫증나게 만들 때, 그때를 위해 무언가 간직해 두는 것이 좋을 수도 있지. (갑자기 멈추면서) 무슨 쓸데없는 소리! 그럴 때는 결코 오지 않을 거야. 자 크리스틴, 이런 큰 비밀에 대해서 어떻게 생각하니? 아직도 내가 쓸모 없다고 생각하니? 그런데 네게 하는 말인데, 이 일이 나에게 엄청난 걱정거리를 안겨주었지. 내가 기한을 정확하게 지키는 것은 결코 쉬운 일이 아니었어. 들어봐, 사업에는 4분기

interest, and another thing called payment in installments, and it is always so dreadfully difficult to manage them. I have had to save a little here and there, where I could, you understand. I have not been able to put aside[34] much from my housekeeping money, for Torvald must have a good table. I couldn't let my children be shabbily[35] dressed; I have felt obliged to use up all he gave me for them, the sweet little darlings!

MRS. LINDE So it has all had to come out of your own necessaries of life, poor Nora?

NORA Of course. Besides, I was the one responsible for it. Whenever Torvald has given me money for new dresses and such things, I have never spent more than half of it; I have always bought the simplest and cheapest things. Thank Heaven, any clothes look well on me, and so Torvald has never noticed it. But it was often very hard on me, Christine—because it is delightful to be really well dressed, isn't it?

MRS. LINDE Quite so.

NORA Well, then I have found other ways of earning money. Last winter I was lucky enough to get a lot of copying to do; so I locked myself up and sat writing every evening until quite late at night. Many a time I was desperately tired; but all

---

34) put aside: 한 쪽으로 치우다, 저축하다.
35) shabbily: 초라하게, 천하게.

별 이자라는 게 있고, 할부금 지불이라고 하는 것도 있단다. 그
런 것들을 처리하는 것이 얼마나 끔찍하게 어려운 일인지 몰라.
난 네가 알다시피 할 수 있는 한, 여기저기에서 조금씩 모아야
만 했어. 살림하는 돈에서 많이 제쳐둘 순 없었지. 왜냐하면 토
발드는 좋은 식사를 해야만 하니까. 나는 애들이 초라하게 입고
다니게 할 수도 없었어. 귀여운 작은 아이들을 위해서 그가 내
게 준 돈은 전부 사용해야 한다고 느꼈어.

린드 부인 그래서 네 생활비에서 충당해야 했겠구나. 불쌍한 노라.

노라 물론이지. 게다가 내가 책임질 일이잖아. 토발드가 새 옷이나
그런 것들을 사라고 내게 돈을 줄 때마다 나는 절반 이상은 쓰
지 않았어. 항상 단순하고 싼 것만을 샀어. 고맙게도, 아무 옷이
나 나에게 잘 어울렸어. 그래서 토발드가 조금도 눈치채지 못한
거야. 그러나 나에게는 아주 힘든 일이었어, 크리스틴. 옷을 잘
차려 입는 것은 정말 기분 좋은 일이잖니?

린드 부인 정말 그래.

노라 그 후 난 돈을 벌 수 있는 다른 방법을 찾게 되었어. 지난 겨울
에 운이 좋게도 대필하는 일을 많이 얻게 되었어. 그래서 매일
밤 틀어박혀서 아주 늦은 시각까지 대서하고 앉아있었어. 여러
차례 난 극도로 피곤했지. 그렇지만 거기 앉아서 일하며 돈을

the same it was a tremendous pleasure to sit there working and earning money. It was like being a man.

MRS. LINDE   How much have you been able to pay off in that way?

NORA   I can't tell you exactly. You see, it is very difficult to keep an account of a business matter of that kind. I only know that I have paid every penny that I could scrape together. Many a time I was at my wits' end. (*Smiles.*) Then I used to sit here and imagine that a rich old gentleman had fallen in love with me —

MRS. LINDE   What! Who was it?

NORA   Be quiet! — that he had died; and that when his will was opened it contained, written in big letters, the instruction: "The lovely Mrs. Nora Helmer is to have all I possess paid over to her at once in cash."

MRS. LINDE   But, my dear Nora — who could the man be?

NORA   Good gracious, can't you understand? There was no old gentleman at all; it was only something that I used to sit here and imagine, when I couldn't think of any way of procuring money. But it's all the same now; the tiresome[36] old person can stay where he is, as far as I am concerned; I don't care about him or his will either, for I am free from care now. (*Jumps up.*) My goodness, it's delightful to think of, Christine! Free from care! To be able to be free from care,

---

36) tiresome: 지루한, 귀찮은.

번다는 것은 큰 기쁨이었어. 마치 남자가 되는 것 같았지.

린드 부인 그런 식으로 얼마나 갚았니?

노라 정확하게 알 순 없어. 너도 알다시피, 그런 종류의 사업 거래를 잘 관리한다고 하는 것은 어렵잖아? 내가 알고 있는 것은 긁어 모을 수 있는 모든 돈을 갚는데 사용했다는 거야. 여러 번 나는 정신이 나갈 뻔한 적도 있었어. (미소짓는다.) 그리고 나서 나는 여기에 앉아 어떤 부유한 늙은 신사가 나와 사랑에 빠지는 것을 상상하곤 했었지.

린드 부인 뭐라고! 그게 누구였어?

노라 조용히 해봐! 그가 죽고 나서 그의 유언장을 열어보니 커다란 글씨로 이렇게 써있는 거야. "사랑스러운 노라 헬머 부인에게 내가 소유하고 있는 모든 것을 상속하고 즉시 현금으로 지불할 것"이라고 말이야.

린드 부인 그런데 사랑하는 노라, 그 남자가 도대체 누구일까?

노라 맙소사, 이해 못하겠니? 그런 노신사는 없단 말이야. 그건 단지 내가 여기 앉아서 상상하곤 했던 어떤 것이야. 내가 돈을 구하는 다른 방법을 생각해 낼 수 없었을 때 말이지. 그런데 지금은 매한가지야. 나로 말하자면, 그 성가신 노인은 아무데나 있어도 좋아. 나는 그 사람이나 그 사람의 유언장에 대해서 더 이상 개의치 않아. 왜냐하면 나는 걱정할 필요가 없으니까. (벌떡 일어선다.) 정말, 생각하면 기뻐, 크리스틴! 걱정할 필요가 없다니! 걱

quite free from care; to be able to play and romp[37] with the children; to be able to keep the house beautifully and have everything just as Torvald likes it! And, think of it, soon the spring will come and the big blue sky! Perhaps we shall be able to take a little trip—perhaps I shall see the sea again! Oh, it's a wonderful thing to be alive and be happy. (*A bell is heard in the hall.*)

MRS. LINDE (*rising*)

There is the bell; perhaps I had better go.

NORA No, don't go; no one will come in here; it is sure to be for Torvald.

SERVANT (*at the hall door*)

Excuse me, ma'am—there is a gentleman to see the master, and as the doctor is with him—

NORA Who is it?

KROGSTAD (*at the door*)

It is I, Mrs. Helmer. (*MRS. LINDE starts, trembles, and turns to the window.*)

NORA (*takes a step towards him, and speaks in a strained, low voice*)

You? What is it? What do you want to see my husband about?

KROGSTAD Bank business—in a way. I have a small post in the Bank, and I hear your husband is to be our chief now—

NORA Then it is—

---

37) romp: 깡충깡충 뛰놀다, 장난치며 뛰놀기.

정으로부터 진짜 자유로울 수 있다는 것, 아이들하고 함께 놀며 뛸 수 있다는 것, 집을 아름답게 꾸밀 수 있다는 것, 토발드가 좋아하는 대로 모든 것을 갖추어 둘 수 있다는 것! 그리고 생각해보니 금새 봄이 올 거야. 그리고 커다란 파란 하늘도! 아마 우리는 가벼운 여행을 할 수 있겠지. 아마 다시 바다를 볼 수 있을 거야! 오, 살아서 행복하다는 것은 참으로 훌륭한 일이야. (현관에서 종이 울린다.)

린드 부인 (일어서면서)

초인종이야. 아마 내가 가는 게 좋겠어.

노라 아니 가지마. 아무도 여기 오진 않을 거야. 분명히 토발드를 찾아온 손님일 거야.

하인 (현관 문에서)

실례합니다, 마님. 주인 나리를 만나러 오신 분이 계세요. 그런데 의사선생님이 주인나리와 함께 계시니ㅡ.

노라 누구죠?

크로그스타드 (문에서)

접니다, 헬머 부인. (린드 부인이 깜짝 놀라서, 떨며, 창문 쪽으로 돌아선다.)

노라 (그를 향해 한 발자국 걸어가서 경직된 낮은 목소리로 말한다.)

당신? 무슨 일이세요? 뭣 때문에 제 남편을 보려고 하시죠?

크로그스타드 이를테면ㅡ 은행 일이지요. 제가 은행에서 작은 자리를 차지하고 있답니다. 들기로 당신 남편이 저의 은행장이 되신다는ㅡ.

노라 그러면 그것이ㅡ.

KROGSTAD   Nothing but dry business matters, Mrs. Helmer; absolutely nothing else.

NORA   Be so good as to go into the study, then. (*She bows indifferently to him and shuts the door into the hall; then comes back and makes up the fire in the stove.*)

MRS. LINDE   Nora—who was that man?

NORA   A lawyer, of the name of Krogstad.

MRS. LINDE   Then it really was he.

NORA   Do you know the man?

MRS. LINDE   I used to—many years ago. At one time he was a solicitor's clerk in our town.

NORA   Yes, he was.

MRS. LINDE   He is greatly altered.

NORA   He made a very unhappy marriage.

MRS. LINDE   He is a widower now, isn't he?

NORA   With several children. There now, it is burning up. (*Shuts the door of the stove and moves the rocking-chair aside.*)

MRS. LINDE   They say he carries on various kinds of business.

NORA   Really! Perhaps he does; I don't know anything about it. But don't let us think of business; it is so tiresome.

DOCTOR RANK (*comes out of HELMER's study. Before he shuts the door he calls to him*) No, my dear fellow, I won't disturb you; I would rather go in to your wife for a little while. (*Shuts the door and sees MRS. LINDE.*) I beg your pardon; I am afraid I am disturbing you too.

| 크로그스타드 | 헬머 부인, 단지 딱딱한 사업적인 문젭니다. 절대로 다른 것은 아닙니다. |

크로그스타드   헬머 부인, 단지 딱딱한 사업적인 문젭니다. 절대로 다른 것은 아닙니다.

노라   그러면 서재로 들어가도록 하세요. (그녀는 그에게 무관심하게 절하고 거실 쪽의 문을 닫는다. 그리고 돌아와서 난로에 불을 지핀다.)

린드 부인   노라, 그 사람 누구니?

노라   크로그스타드라는 이름의 변호사야.

린드 부인   그러면 정말로 그 사람이구나.

노라   그 사람을 알고 있니?

린드 부인   수년 전에 알고 지냈어. 한때는 우리 읍내에서 변호사의 서기였어.

노라   맞아, 그랬지.

린드 부인   아주 많이 변했군.

노라   정말 불행한 결혼을 한 모양이야.

린드 부인   지금은 홀아비이지 않아?

노라   아이들이 여럿 있어. 이제 불길이 타오르는군. (난로의 문을 닫고 흔들의자를 옆으로 옮긴다.)

린드 부인   그가 여러 가지 다양한 종류의 일을 한다고 사람들이 말하더라.

노라   정말로? 아마 그럴 거야. 난 잘 몰라. 사업 얘기는 생각하지 않도록 하자. 그건 지루하거든.

랭크 박사   (헬머의 서재에서 나온다. 문을 닫기 전에 그에게 소리친다.) 아닐세, 친구여. 내가 방해하지 않음세. 잠깐 동안 당신 부인에게 가 있지. (문을 닫고 나서 린드 부인을 본다.) 실례합니다. 제가 또 방해하고 있군요.

NORA　　No, not at all. (*Introducing him.*) Doctor Rank, Mrs. Linde.

RANK　　I have often heard Mrs. Linde's name mentioned here. I think I passed you on the stairs when I arrived, Mrs. Linde?

MRS. LINDE　　Yes, I go up very slowly; I can't manage stairs well.

RANK　　Ah! some slight internal weakness?

MRS. LINDE　　No, the fact is I have been overworking myself.

RANK　　Nothing more than that? Then I suppose you have come to town to amuse yourself with our entertainments?

MRS. LINDE　　I have come to look for work.

RANK　　Is that a good cure for overwork?

MRS. LINDE　　One must live, Doctor Rank.

RANK　　Yes, the general opinion seems to be that it is necessary.

NORA　　Look here, Doctor Rank—you know you want to live.

RANK　　Certainly. However wretched I may feel, I want to prolong the agony as long as possible. All my patients are like that. And so are those who are morally diseased; one of them, and a bad case too, is at this very moment with Helmer—

MRS. LINDE　　(*sadly*)

Ah!

NORA　　Whom do you mean?

노라	아니, 전혀 아니에요. (그를 소개하면서) 랭크 박사님, 린드 부인.
랭크	제가 종종 린드 부인의 이름이 여기서 거론되는 것을 들었죠. 제가 도착했을 때 계단에서 지나친 것으로 생각되는데요, 린드 부인?
린드 부인	맞아요, 저는 아주 천천히 올라가거든요. 계단을 잘 오르지 못해요.
랭크	아! 어디 몸이 안 좋은 데라도?
린드 부인	아니에요. 사실은 제가 과로하고 있기 때문이에요.
랭크	그것말고 다른 것은 없나요? 그러면 제 생각에 우리와 함께 즐겁게 시간을 보내기 위해서 읍내에 오신 거군요.
린드 부인	저는 일자리를 찾으러 왔답니다.
랭크	그것이 과로에 대한 좋은 치유책일까요?
린드 부인	랭크 박사님. 사람은 먹고 살아야 하잖아요.
랭크	맞습니다. 일반적인 생각은 그것이 필요하다고 보는 것 같습니다.
노라	잠깐만요, 랭크 박사님ㅡ. 당신도 살기를 원하잖아요.
랭크	물론이지요. 난 아무리 비참하게 느껴진다 해도, 가능하면 길게 그 고통을 연장시키고 싶어한답니다. 내 모든 환자들이 그와 같다오. 도덕적으로 병에 걸린 사람들도 마찬가지지요. 그들 중의 한 명, 아주 나쁜 경우인데 바로 이 순간에 헬머와 함께 있답니다.
린드 부인	(슬프게) 아!
노라	누굴 의미하시는 거예요?

RANK   A lawyer of the name of Krogstad, a fellow you don't know at all. He suffers from[38] a diseased moral character, Mrs. Helmer; but even he began talking of its being highly important that he should live.

NORA   Did he? What did he want to speak to Torvald about?

RANK   I have no idea; I only heard that it was something about the Bank.

NORA   I didn't know this—what's his name—Krogstad had anything to do with the Bank.

RANK   Yes, he has some sort of appointment there. (*To MRS. LINDE.*) I don't know whether you find also in your part of the world that there are certain people who go zealously[39] snuffing[40] about to smell out moral corruption, and, as soon as they have found some, put the person concerned into some lucrative position where they can keep their eye on him. Healthy natures are left out in the cold[41].

MRS. LINDE   Still I think the sick are those who most need taking care of.

RANK   (*shrugging his shoulders*) Yes, there you are. That is the sentiment that is turning society into a sick-house.
            (*NORA, who has been absorbed in her thoughts, breaks out into smothered laughter and claps her hands.*)

---

38) suffer from: ~~으로 고생하다.
39) zealously: 열광적인.
40) snuff: 코로 들이쉬다, 냄새를 맡다.
41) left out in the cold: 따돌림을 당한.

랭크   크로그스타드라고 하는 이름의 변호사 말입니다. 당신은 전혀 모르는 사람이지요. 헬머부인, 그는 도덕적인 질병으로부터 고통 받고 있답니다. 하지만 심지어 그도 자신이 살아야 된다는 점을 아주 중요한 일인 양 말하기 시작했다오.

노라   그랬나요? 토발드에게 뭘 말하고 싶어하던가요?

랭크   저는 모르겠습니다. 듣기로 은행에 관한 어떤 것인 듯싶어요.

노라   그의 이름이 뭐더라―. 크로그스타드가 은행과 관련이 있다곤 생각하지 못했어요.

랭크   그렇습니다. 그는 거기에 어떤 종류의 직책을 갖고 있어요. (린드 부인에게) 저는 당신이 사는 세계에서도 집요하게 도덕적 타락의 냄새를 맡으면서 찾아 돌아다니는 사람이 있는지 궁금하군요. 그리고 그런 것을 발견하자마자 관련된 그 사람을 돈이 생기는 위치에 올려놓고 자기네가 감시하는 그런 경우 말입니다. 좋은 품성은 따돌림을 당하는 셈이죠.

린드 부인   하지만 저는 아픈 사람이야말로 가장 많이 돌볼 필요가 있는 사람들이라고 생각해요.

랭크   (어깨를 으쓱하면서) 그래요, 그렇습니다. 그 감정이야말로 우리 사회를 병실로 만들어 버리지요.

(생각에 잠겨있던 노라가 억제된 웃음을 터트리며 손뼉을 친다.)

RANK   Why do you laugh at that? Have you any notion what society really is?

NORA   What do I care about tiresome society? I am laughing at something quite different, something extremely amusing. Tell me, Doctor Rank, are all the people who are employed in the Bank dependent on Torvald now?

RANK   Is that what you find so extremely amusing?

NORA   *(smiling and humming)*
That's my affair! (*Walking about the room.*) It's perfectly glorious to think that we have — that Torvald has so much power over so many people. (*Takes the packet from her pocket.*) Doctor Rank, what do you say to a macaroon?

RANK   What, macaroons? I thought they were forbidden here.

NORA   Yes, but these are some Christine gave me.

MRS. LINDE   What! I? —

NORA   Oh, well, don't be alarmed! You couldn't know that Torvald had forbidden them. I must tell you that he is afraid they will spoil my teeth. But, bah! — once in a way — That's so, isn't it, Doctor Rank? By your leave! (*Puts a macaroon into his mouth.*) You must have one too, Christine. And I shall have one, just a little one — or at most two. (*Walking about.*) I am tremendously happy. There is just one thing in the world now that I should dearly love to do.

RANK   Well, what is that?

랭크	왜 비웃는 것이오? 사회가 정말 어떤 것인지 알고는 있습니까?
노라	지겨운 사회에 대해서 제가 뭘 아느냐구요? 전 아주 다른 어떤 것, 정말 기분 좋은 어떤 것에 대해서 웃고 있었어요. 랭크 박사님, 은행에 취직해 있는 사람들은 이제 모두 다 토발드에게 의존하는지 말씀해 주세요.
랭크	그게 그렇게 극도로 재미있는 일입니까?
노라	(미소지으면서 콧노래하며)

이건 제 일이에요! (방을 어슬렁거리며) 이건 정말 생각만 해도 기쁜 일이에요. 우리가, 토발드가 그렇게 많은 사람들에게, 그렇게 많은 힘을 지녔다는 사실 말이에요. (주머니에서 봉지를 꺼낸다) 랭크 박사님, 마카롱 하나 드셔보시겠어요?

랭크	뭐, 마카롱 말입니까? 여기선 먹지 못하는 것으로 알고 있는데?
노라	맞아요, 그런데 이것은 크리스틴이 저에게 준 것이에요.
린드 부인	뭐라고? 내가?
노라	아, 놀라지 마! 토발드가 그것을 금했다는 것을 알 수는 없었잖아. 과자가 내 치아를 상하게 할까봐 두려워하고 있는 거지. 그런데 이런! 어떤 측면에서 그건 그렇죠, 랭크 박사님? 자! (그의 입에 마카롱을 넣는다.) 크리스틴, 너도 한 개 먹어. 나도 한 개, 그저 작은 것 하나, 아니 기껏해야 두 개 정도 먹을 거야. (어슬렁거리며) 난 정말로 행복해. 내가 진심으로 하고 싶은 것은 이제 이 세상에서 딱 한 가지뿐이야.
랭크	그게 뭡니까?

NORA   It's something I should dearly love to say, if Torvald could hear me.

RANK   Well, why can't you say it?

NORA   No, I daren't; it's so shocking.

MRS. LINDE   Shocking?

RANK   Well, I should not advise you to say it. Still, with us you might. What is it you would so much like to say if Torvald could hear you?

NORA   I should just love to say—Well, I'm damned!

RANK   Are you mad?

MRS. LINDE   Nora, dear—!

RANK   Say it, here he is!

NORA   (hiding the packet)

Hush! Hush! Hush! (HELMER comes out of his room, with his coat over his arm and his hat in his hand.)

NORA   Well, Torvald dear, have you got rid of him?

HELMER   Yes, he has just gone.

NORA   Let me introduce you—this is Christine, who has come to town.

HELMER   Christine—? Excuse me, but I don't know—

NORA   Mrs. Linde, dear; Christine Linde.

HELMER   Of course. A school friend of my wife's, I presume?

MRS. LINDE   Yes, we have known each other since then.

NORA   And just think, she has taken a long journey in order to see you.

노라　　　　만약 토발드가 내 말을 들을 수 있다면, 진짜로 말하고 싶은 어
　　　　　　떤 것이에요.

랭크　　　　그러면, 왜 그걸 말하지 못하는 거요?

노라　　　　아니에요, 전 감히 못해요. 아주 충격적인 말이거든요.

린드 부인　　충격적이라고?

랭크　　　　그렇다면 난 당신이 그 말을 하지 말라고 충고하는 게 옳겠소.
　　　　　　하지만, 우리한테는 할 수 있잖소? 혹시 토발드가 당신 말을 들
　　　　　　을 수 있다면, 당신이 그토록 하고 싶다는 말이 무엇이오?

노라　　　　저는 그저 이런 말을 하고 싶어요―. 이런 빌어먹을!

랭크　　　　당신 정신 나갔소?

린드 부인　　노라, 이런!

랭크　　　　여기 그가 오니 다시 한 번 말해 보시오!

노라　　　　(봉지를 감추며)
　　　　　　쉿! 쉿! 쉿! (헬머가 어깨 위에 외투를 걸치고 손에는 모자를 들고 방에서 나온
　　　　　　다.)

노라　　　　사랑하는 토발드, 그 사람 쫓아버렸나요?

헬머　　　　금방 갔소.

노라　　　　소개할게요. 이쪽은 읍내로 온 크리스틴이에요.

헬머　　　　크리스틴? 실례하지만, 제가 잘 모르는―.

노라　　　　여보, 린드 부인 말씀이에요. 크리스틴 린드.

헬머　　　　아, 그렇군요. 제 집사람의 학교 친구이시죠?

린드 부인　　예, 그때부터 쭉 서로 알고 지내왔지요.

노라　　　　당신을 만나기 위해서 이렇게 긴 여행을 했답니다.

HELMER	What do you mean? Mrs. Linde. No, really, I—
NORA	Christine is tremendously clever at book-keeping, and she is frightfully anxious to work under some clever man, so as to perfect herself—
HELMER	Very sensible, Mrs. Linde.
NORA	And when she heard you had been appointed manager of the Bank—the news was telegraphed, you know—she travelled here as quick as she could. Torvald, I am sure you will be able to do something for Christine, for my sake, won't you?
HELMER	Well, it is not altogether impossible. I presume[42] you are a widow, Mrs. Linde?
MRS. LINDE	Yes.
HELMER	And have had some experience of book-keeping?
MRS. LINDE	Yes, a fair amount.
HELMER	Ah! well, it's very likely I may be able to find something for you—
NORA	(*clapping her hands*) What did I tell you? What did I tell you?
HELMER	You have just come at a fortunate moment, Mrs. Linde.
MRS. LINDE	How am I to thank you?
HELMER	There is no need. (*Puts on his coat.*) But today you must excuse me—

---

42) presume: 상상하다, 추정하다, 건방지게 굴다, 응석부리다.

헬머   무슨 말이오? 린드 부인? 사실 나는 전혀—.

노라   크리스틴은 장부를 정리하는데 아주 재능이 있어요. 그리고 어떤 현명한 사람 밑에서 정말로 일하고 싶어해요. 그녀 자신을 완벽하게 하기 위해서랍니다—.

헬머   린드 부인. 아주 현명하시군요.

노라   그리고 당신이 은행장으로 임명되었다는 소식을 들었을 때—그 소식은 전보로 알렸어요—. 그녀는 할 수 있는 한 빨리 여기로 찾아왔답니다. 저를 위해서라도, 토발드, 크리스틴에게 어떤 일을 주실 수 있을 거라고 확신해요. 그렇지 않아요?

헬머   완전히 불가능한 일은 아니요. 린드 부인, 혼자 되셨다고 들었습니다.

린드 부인   예.

헬머   장부 정리를 해보신 경험이 있으신가요?

린드 부인   그럼요, 상당히 많이요.

헬머   아, 그러시다면 당신이 할 만한 일거리를 제가 찾을 수 있을 것 같군요—.

노라   (손뼉을 치며)

       내가 뭐라 말했어?

헬머   아주 적시에 오셨습니다, 린드 부인.

린드 부인   제가 어떻게 감사드려야 할까요?

헬머   그러실 필요 없습니다. (모자를 쓴다.)

       오늘은 이만 실례—.

RANK   Wait a minute; I will come with you.

(*Brings his fur coat from the hall and warms it at the fire.*)

NORA   Don't be long away, Torvald dear.

HELMER   About an hour, not more.

NORA   Are you going too, Christine?

MRS. LINDE   (*putting on her cloak*)

Yes, I must go and look for a room.

HELMER   Oh, well then, we can walk down the street together.

NORA   (*helping her*)

What a pity it is we are so short of space here; I am afraid

it is impossible for us —

MRS. LINDE   Please don't think of it! Goodbye, Nora dear, and many

thanks.

NORA   Goodbye for the present. Of course you will come back

this evening. And you too, Dr. Rank. What do you say? If

you are well enough? Oh, you must be! Wrap yourself up

well.

(*They go to the door all talking together. CHILDREN's voices are heard on the
staircase.*)

NORA   There they are! There they are!

(*She runs to open the door. The NURSE comes in with the children.*) Come

in! Come in!

(*Stoops and kisses them.*)

Oh, you sweet blessings! Look at them, Christine! Aren't

they darlings?

RANK   Don't let us stand here in the draught.

랭크	잠깐, 나도 같이 가겠네.

(거실에서 털 외투를 가져와 불에 대고 덥힌다.)

노라	사랑하는 토발드, 빨리 오세요.
헬머	한 시간도 채 안 걸릴 거요.
노라	크리스틴, 갈 거야?
린드 부인	(외투를 입으며)

그래, 가서 방을 찾아봐야지.

헬머	아, 그러시다면, 함께 거리로 내려가십시다.
노라	(그녀를 도와주며)

여기 공간이 이렇게 부족하다니 참 유감이야. 우리가―불가능할 것 같아―.

린드 부인	제발 그 생각은 하지 말아. 안녕, 사랑하는 노라, 정말 고마워.
노라	그래, 지금은 안녕. 물론 오늘 저녁에 돌아올 거지? 랭크박사님 당신도요. 뭐라구요? 몸이 괜찮으시다면요? 오, 괜찮으실 거예요! 옷을 잘 휘감고 오세요.

(그들은 함께 이야기하며 현관문으로 간다.)

노라	애들이 저기 있구나, 저기 있어!

(달려가서 문을 연다. 보모가 아이들과 함께 들어온다.) 어서 와, 어서 와.

(허리를 굽혀서 그들에게 키스한다.)

오, 달콤한 축복덩어리들! 그들 좀 봐, 크리스틴! 예쁘지 않아?

랭크	여기 바람 속에 서 있지 맙시다.

HELMER   Come along, Mrs. Linde; the place will only be bearable for a mother now!

(RANK, HELMER, and MRS. LINDE go downstairs. The NURSE comes forward with the children; NORA shuts the hall door.)

NORA   How fresh and well you look! Such red cheeks like apples and roses. *(The children all talk at once while she speaks to them.)* Have you had great fun? That's splendid! What, you pulled both Emmy and Bob along on the sledge? — both at once? — that was good. You are a clever boy, Ivar. Let me take her for a little, Anne. My sweet little baby doll!

(Takes the baby from the MAID and dances it up and down.)

Yes, yes, mother will dance with Bob too. What! Have you been snowballing? I wish I had been there too! No, no, I will take their things off, Anne; please let me do it, it is such fun. Go in now, you look half frozen. There is some hot coffee for you on the stove.

(The NURSE goes into the room on the left. NORA takes off the CHILDREN's things and throws them about, while they all talk to her at once.)

NORA   Really! Did a big dog run after[43] you? But it didn't bite you? No, dogs don't bite nice little dolly[44] children. You mustn't look at the parcels, Ivar. What are they? Ah, I daresay you would like to know. No, no — it's something nasty! Come, let us have a game! What shall we play at?

---

43) run after: 뒤쫓다.
44) dolly: 인형, 작은 손수레.

헬머 린드 부인, 가십시다. 이곳은 이제 엄마만이 견딜 수 있는 곳이 될 것이오.

(랭크, 헬머, 린드 부인은 내려간다. 보모가 아이들과 함께 앞으로 다가온다. 노라는 현관문을 닫는다.)

노라 넌 정말 청순하고 건강해 보이는구나! 사과나 장미처럼 뺨이 그렇게 빨개.(그녀가 그들에게 말하는 동안 아이들이 모두 한꺼번에 얘기한다.) 그래 재미있었니? 그것 정말 잘 됐구나! 뭐라고? 네가 에미와 봅을 썰매 위에 태워서 당겼다고? 둘을 동시에? 그것 참 잘했어. 이바르, 넌 정말 똑똑한 아이란다. 앤, 잠깐동안 내가 안아 보자. 내 사랑하는 작은 애기인형아!

(하녀로부터 아이를 받아서 위 아래로 춤을 추게 한다.)

그래 그래, 엄마가 봅과도 춤을 출 거야. 뭐라고! 눈싸움 하고 있었다고? 나도 거기 있었으면 얼마나 좋았을까. 아니 아니, 앤, 내가 애들 옷을 벗길 게, 내가 할 게, 그건 참 재미있어. 자, 이제 들어가. 반쯤 얼어붙은 것 같아 보여. 난로 위에 뜨거운 커피가 있어.

(보모가 왼쪽 방으로 들어간다. 노라가 아이들의 옷을 벗기고 주위에 던져 놓는다. 한편, 아이들은 그녀에게 동시에 이야기한다.)

노라 정말로! 큰 개가 너를 따라왔다고? 그런데 물진 않았어? 아니야, 개들은 착하고 어린 인형같은 애들을 물진 않아. 이바르, 꾸러미를 쳐다보지 말아라. 그게 뭘까? 너 정말 알고 싶지? 아니야, 아니야, 그건 어떤 이상한 거야! 자, 우리 이제 놀이하자! 무슨

Hide and Seek? Yes, we'll play Hide and Seek. Bob shall hide first. Must I hide? Very well, I'll hide first.

(She and the children laugh and shout, and romp in and out of the room; at last NORA hides under the table, the children rush in and out for her, but do not see her; they hear her smothered laughter, run to the table, lift up the cloth and find her. Shouts of laughter. She crawls forward and pretends to frighten them. Fresh laughter. Meanwhile there has been a knock at the hall door, but none of them has noticed it. The door is half opened, and KROGSTAD appears. He waits a little; the game goes on.)

KROGSTAD   Excuse me, Mrs. Helmer.

NORA   *(with a stifled[45] cry, turns round and gets up on to her knees)*

Ah! what do you want?

KROGSTAD   Excuse me, the outer door was ajar; I suppose someone forgot to shut it.

NORA   *(rising)*

My husband is out, Mr. Krogstad.

KROGSTAD   I know that.

NORA   What do you want here, then?

KROGSTAD   A word with you.

NORA   With me? — *(To the CHILDREN, gently.)* Go in to nurse. What? No, the strange man won't do mother any harm. When he has gone we will have another game.

(She takes the children into the room on the left, and shuts the door after them.)

You want to speak to me?

---

45) stifle: 질식시키다, 억누르다.

놀이할까? 술래잡기할까? 그래, 우리 술래잡기하자. 봅이 먼저 숨을래? 내가 숨어야 한다고? 좋아. 내가 먼저 숨을게. (그녀와 아이들이 웃고 소리치며, 방 안팎으로 뛰어다닌다. 마침내 노라가 식탁 밑에 숨는다. 어린 아이들이 뛰어들어와서 그녀를 찾아 왔다 갔다 하지만 찾지 못한다. 아이들이 그녀의 참고 있는 웃음소리를 듣고 식탁으로 달려가서, 식탁보를 들어올리고 그녀를 발견한다. 웃음소리. 그녀는 앞으로 기어 나와서 아이들을 놀래려고 한다. 새롭게 웃음소리가 터진다. 한편, 현관문에 노크소리가 들린다. 그러나 아무도 그 소리를 듣지 못한다. 문이 절반쯤 열리고 크로그스타드가 나타난다. 그는 조금 기다린다. 게임이 계속된다.)

크로그스타드 실례합니다, 헬머 부인.

노라 (억제된 소리와 함께, 돌아서서 무릎까지 일어선다.)

아! 무슨 일이세요?

크로그스타드 실례합니다. 바깥문이 조금 열려 있었어요. 아마 누군가 닫는 것을 잊어버렸나 봅니다.

노라 (일어서면서)

제 남편은 나갔어요. 크로그스타드씨.

크로그스타드 알고 있습니다.

노라 그러면 여기서 뭘 원하세요?

크로그스타드 당신과 한 마디만 하고 싶습니다.

노라 저하고요? (아이들에게 부드럽게) 보모에게 가거라. 뭐라구? 아니야, 낯선 사람이 엄마에게 해를 끼치진 않아. 그분이 가시면 다른 게임을 하자.

(아이들을 왼쪽 방으로 데려가고, 문을 닫는다.)

저에게 이야기하고 싶으시다구요?

KROGSTAD   Yes, I do.

NORA   Today? It is not the first of the month yet.

KROGSTAD   No, it is Christmas Eve, and it will depend on yourself what sort of a Christmas you will spend.

NORA   What do you mean? Today it is absolutely impossible for me—

KROGSTAD   We won't talk about that until later on. This is something different. I presume you can give me a moment?

NORA   Yes—yes, I can—although—

KROGSTAD   Good. I was in Olsen's Restaurant and saw your husband going down the street—

NORA   Yes?

KROGSTAD   With a lady.

NORA   What then?

KROGSTAD   May I make so bold as to ask if it was a Mrs. Linde?

NORA   It was.

KROGSTAD   Just arrived in town?

NORA   Yes, today.

KROGSTAD   She is a great friend of yours, isn't she?

NORA   She is. But I don't see—

KROGSTAD   I knew her too, once upon a time.

NORA   I am aware of that.

KROGSTAD   Are you? So you know all about it; I thought as much. Then I can ask you, without beating about the bush[46] —is Mrs. Linde to have an appointment in the Bank?

---

46) without beating about the bush: 단도직입적으로.

크로그스타드   예, 그렇습니다.

노라   오늘이요? 아직 이번 달 첫 날이 아니잖아요.

크로그스타드   아니죠, 크리스마스 이브입니다. 그런데 어떤 종류의 크리스마스를 보낼지는 당신에게 달려 있습니다.

노라   무슨 말씀이세요? 오늘은 절대적으로 불가능합니다ㅡ. 제가ㅡ.

크로그스타드   그것에 대해선 나중에 이야기하도록 하죠. 오늘 일은 약간 다른 거랍니다. 저에게 잠깐 시간을 내 주시겠지요?

노라   그래ㅡ. 그래요, 그럴 수 있어요ㅡ. 비록ㅡ.

크로그스타드   좋습니다! 저는 올슨의 식당에 있었지요. 그리고 당신 남편이 거리를 따라 내려가는 모습을 보았습니다.

노라   그런데요?

크로그스타드   숙녀분과 함께요.

노라   그래서요?

크로그스타드   제가 감히 그 분이 린드 부인인지를 여쭈어 봐도 되겠습니까?

노라   맞아요.

크로그스타드   바로 전에 읍내에 도착했나요?

노라   예. 오늘이에요.

크로그스타드   당신의 아주 친한 친구시죠? 그렇지 않습니까?

노라   그래요. 그런데 저는 무슨 이야기인지 잘ㅡ.

크로그스타드   저도 한때 그녀를 알고 있었답니다.

노라   그 점은 알고 있어요.

크로그스타드   그러십니까? 그러면 그것에 대해서 모두 알겠네요. 저도 그 정도는 생각을 했답니다. 그러면 단도직입적으로 제가 말씀드릴까요? 린드 부인이 은행에서 일자리를 구하게 되나요?

NORA   What right have you to question me, Mr. Krogstad? — You, one of my husband's subordinates[47]! But since you ask, you shall know. Yes, Mrs. Linde is to have an appointment. And it was I who pleaded her cause, Mr. Krogstad, let me tell you that.

KROGSTAD   I was right in what I thought, then.

NORA   (*walking up and down the stage*)
Sometimes one has a tiny little bit of influence, I should hope. Because one is a woman, it does not necessarily follow that —. When anyone is in a subordinate position, Mr. Krogstad, they should really be careful to avoid offending anyone who — who —

KROGSTAD   Who has influence?

NORA   Exactly.

KROGSTAD   (*changing his tone*)
Mrs. Helmer, you will be so good as to use your influence on my behalf.

NORA   What? What do you mean?

KROGSTAD   You will be so kind as to see that I am allowed to keep my subordinate position in the Bank.

NORA   What do you mean by that? Who proposes to take your post away from you?

KROGSTAD   Oh, there is no necessity to keep up the pretence of ignorance. I can quite understand that your friend is not

---

47) subordinate: 부하, 하위의, 종속시키다.

노라　　　크로그스타드 씨, 무슨 권리로 저한테 질문하시는 거예요? 당신은 제 남편의 부하직원 중의 한 사람이잖아요! 그렇지만 물어보니 말씀드리겠어요. 그래요, 린드 부인이 일자리를 얻게 될 거예요. 제가 그녀의 일자리를 주선했답니다, 크로그스타드 씨, 그 점은 말씀드릴 수 있어요.

크로그스타드　　그러면, 제 생각이 옳았군요.

노라　　　(무대를 위 아래로 걸으면서)

가끔씩 사람은, 저도 바라는 거지만, 아주 조그마한 영향력을 갖게 되지요. 물론 여자이기 때문에 필연적으로 그렇게 되지는 않아요－. 크로그스타드씨, 사람들이 아래 직책에 있을 때는 어떤 사람의 기분을 상하게 하는 것은 신중히 피해야 하지요－.

크로그스타드　　영향력을 가진 어떤 사람 말씀입니까?

노라　　　정확히 맞습니다.

크로그스타드　　(목소리를 바꾸면서)

헬머 부인, 저를 위해서 당신의 영향력을 사용해주시겠습니까?

노라　　　뭐라구요? 무슨 말씀이세요?

크로그스타드　　당신이 은행에서의 제 하급 자리를 유지하도록 친절하게 돌봐주시겠습니까?

노라　　　그건 무슨 말씀이세요? 누가 당신 일자리를 뺏어가기라도 한답니까?

크로그스타드　　모르는 척 할 필요가 없습니다. 당신 친구가 저와 만나는 상황에 노출되는 것을 별로 달가워하지 않을 것이라는 점은 충분히

very anxious to expose[48] herself to the chance of rubbing shoulders with[49] me; and I quite understand, too, whom I have to thank for being turned off.

NORA　　But I assure you—

KROGSTAD　　Very likely; but, to come to the point, the time has come when I should advise you to use your influence to prevent that.

NORA　　But, Mr. Krogstad, I have no influence.

KROGSTAD　　Haven't you? I thought you said yourself just now—

NORA　　Naturally I did not mean you to put that construction on it. I! What should make you think I have any influence of that kind with my husband?

KROGSTAD　　Oh, I have known your husband from our student days. I don't suppose he is any more unassailable[50] than other husbands.

NORA　　If you speak slightingly of my husband, I shall turn you out [51] of the house.

KROGSTAD　　You are bold, Mrs. Helmer.

NORA　　I am not afraid of you any longer. As soon as the New Year comes, I shall in a very short time be free of the whole thing.

---

48) expose: 드러내다, 진열하다, 폭로하다.
49) rub shoulders(or elbows) with: 교제하다, 사귀다.
50) unassailable: 공격할 수 없는, 반론할 수 없는.
51) turn out: 내쫓다.

이해할만 합니다. 그리고 제가 해고되는 것에 대해서 누구에게
감사해야 할지도 또한 잘 이해하고 있습니다.

노라 제가 당신에게 보증하지만ー.

크로그스타드 물론 그러실 겁니다. 그렇지만, 요점을 말씀 드리면, 그런 일이
발생하지 않도록 당신의 영향력을 행사해 달라고 제가 충고할
시간이 온 것 같습니다.

노라 그런데, 크로그스타드 씨, 전 영향력이 없답니다.

크로그스타드 영향력이 없다구요? 당신 스스로 방금 전에 그렇게 말씀하셨다
고 생각하는데요.

노라 물론 당신이 그 이야기에 그렇게 덧붙일 거라고 생각진 않았어
요. 도대체 무엇 때문에 당신은 남편에게 제가 그런 종류의 영
향력을 행사할 수 있다고 생각하세요?

크로그스타드 오, 저는 학생시절부터 당신의 남편을 알고 지냈습니다. 그가
다른 남편들보다 더 난공불락이라고 생각하지는 않습니다.

노라 만약 제 남편을 깔보고 말씀하시면, 집 밖으로 쫓아내겠어요.

크로그스타드 헬머 부인, 대단하십니다.

노라 저는 더 이상 당신이 두렵지 않아요. 새해가 오자마자, 금세 저
는 모든 것으로부터 자유로워 질 거예요.

KROGSTAD   (*controlling himself*)

Listen to me, Mrs. Helmer. If necessary, I am prepared to
fight for my small post in the Bank as if I were fighting for
my life.

NORA   So it seems.

KROGSTAD   It is not only for the sake of the money; indeed, that
weighs least with me in the matter. There is another
reason— well, I may as well tell you. My position is this. I
daresay you know, like everybody else, that once, many
years ago, I was guilty of an indiscretion.

NORA   I think I have heard something of the kind.

KROGSTAD   The matter never came into court; but every way seemed
to be closed to me after that. So I took to the business
that you know of. I had to do something; and, honestly, I
don't think I've been one of the worst. But now I must
cut myself free from all that. My sons are growing up; for
their sake I must try and win back as much respect as I
can in the town. This post in the Bank was like the first
step up for me—and now your husband is going to kick me
downstairs again into the mud.

NORA   But you must believe me, Mr. Krogstad; it is not in my
power to help you at all.

크로그스타드   (자신을 통제하며)

헬머 부인, 제 이야기를 들어보세요. 만약 필요하다면, 저는 은행에서의 작은 자리를 지키기 위해 마치 제 목숨을 걸고 싸우는 것처럼 싸울 준비가 되어 있습니다.

노라   그래 보이는군요.

크로그스타드   그것은 돈 때문만은 아닙니다. 이 문제에 있어서 돈은 저에게 크게 중요하지 않습니다. 또 다른 이유가 있지요. 제가 말씀드리는 게 좋겠군요. 제 입장은 이렇습니다. 제가 감히 말씀드리건대, 다른 모든 사람들처럼 당신도 제가 수년전에 신중히 처신하지 못한 결점이 있다는 것을 아실 겁니다.

노라   그런 이야기를 들어본 것 같네요.

크로그스타드   그 문제는 법정에까지 가지는 않았습니다. 그러나 그 일 이후에 모든 길이 저에게는 막혀버린 것처럼 보였습니다. 그래서 제가 당신이 아는 그 사업에 전념하게 되었답니다. 저는 무엇인가를 해야만 했지요. 그리고 솔직히 제가 가장 나쁜 사람들 중의 한 명이라고는 생각하지 않습니다. 그러나 이제 그 모든 것으로부터 제 자신을 청산해야만 합니다. 아들들이 자라고 있고, 그들을 위해서라도 내가 할 수 있는 한 읍내에서 체면을 세워야 합니다. 은행에서의 이 자리는 저에게는 위로 올라가는 첫 번째 계단이지요. 그런데 지금 당신 남편이 저를 다시 아래층 바닥으로 내팽개쳐서 진흙 속으로 넣으려 하고 있습니다.

노라   그런데 제 말씀을 믿으셔야 해요, 크로그스타드 씨. 당신을 도울 힘이 제겐 없어요.

KROGSTAD	Then it is because you haven't the will; but I have means to compel you.
NORA	You don't mean that you will tell my husband that I owe you money?
KROGSTAD	Hm! — suppose I were to tell him?
NORA	It would be perfectly infamous of you. (Sobbing.) To think of his learning my secret, which has been my joy and pride, in such an ugly, clumsy[52] way — that he should learn it from you! And it would put me in a horribly disagreeable position —
KROGSTAD	Only disagreeable?
NORA	(impetuously) Well, do it, then! — and it will be the worse for you. My husband will see for himself what a blackguard you are, and you certainly won't keep your post then.
KROGSTAD	I asked you if it was only a disagreeable scene at home that you were afraid of?
NORA	If my husband does get to know of it, of course he will at once pay you what is still owing, and we shall have nothing more to do with you.
KROGSTAD	(coming a step nearer) Listen to me, Mrs. Helmer. Either you have a very bad memory or you know very little of business. I shall be obliged to remind you of a few details.

---

52) clumsy: 어색한, 서투른.

크로그스타드 그것은 그럴 마음이 없기 때문입니다. 그렇지만 저는 당신을 강요할 수단을 가지고 있습니다.

노라 당신에게 돈 빌린 것을 내 남편에게 이야기하려는 것은 아니죠?

크로그스타드 흠! 혹시 내가 말하면?

노라 그건 완전히 비열한 짓이에요. (울먹이면서) 그 동안 기쁨이자 자긍심이었던 내 비밀을 그토록 추하고 꼴사나운 모양으로 남편이 알게 된다는 것을 생각만 해도―게다가 그 비밀을 당신에게서 알게 된다니! 그건 저를 끔찍스럽게 불쾌한 상황에 처하게 할 거예요―.

크로그스타드 단지 불쾌하다고요?

노라 (성급하게)

좋아요, 그러면 그렇게 하세요! 당신에게 더 나쁜 일이 될 거에요. 제 남편이 당신이 얼마나 못된 악당인지를 직접 알게 될 터이고, 그러면 분명히 당신은 자리를 유지하지 못 할 거예요.

크로그스타드 저는 당신이 두려워하는 것이 단지 가정에서의 불쾌한 한 장면 뿐인가를 물었습니다.

노라 만약 제 남편이 그 사실을 알게 된다면, 물론 그는 즉시 아직 남아있는 빚을 갚을 거예요. 그리고 우리는 당신과 아무런 관련이 없게 되는 셈이지요.

크로그스타드 (한발 더 가까이 다가서며)

제 이야기를 들어 보세요, 헬머 부인. 당신의 기억력이 아주 나쁘거나, 아니면 사업에 대해서 별로 알고 있지 못해요. 몇 가지 사항을 당신에게 상기시켜 드릴 수밖에 없군요.

NORA   What do you mean?

KROGSTAD When your husband was ill, you came to me to borrow
          two hundred and fifty pounds.

NORA   I didn't know anyone else to go to.

KROGSTAD I promised to get you that amount —

NORA   Yes, and you did so.

KROGSTAD I promised to get you that amount, on certain conditions.
          Your mind was so taken up with your husband's illness,
          and you were so anxious to get the money for your
          journey, that you seem to have paid no attention to the
          conditions of our bargain. Therefore it will not be amiss if
          I remind you of them. Now, I promised to get the money
          on the security of a bond[53] which I drew up.

NORA   Yes, and which I signed.

KROGSTAD Good. But below your signature there were a few lines
          constituting your father a surety for the money; those lines
          your father should have signed.

NORA   Should? He did sign them.

KROGSTAD I had left the date blank; that is to say, your father should
          himself have inserted the date on which he signed the
          paper. Do you remember that?

NORA   Yes, I think I remember —

KROGSTAD Then I gave you the bond to send by post to your father.
          Is that not so?

---

53) the security of a bond: 저당증서.

노라　　　무슨 말씀이세요?

크로그스타드　당신 남편이 아팠을 때, 250파운드를 빌리기 위해서 저에게 오
　　　　　셨죠.

노라　　　마땅히 찾아갈 다른 사람을 알지 못했기 때문이죠.

크로그스타드　제가 그 돈을 당신에게 구해주겠노라고 약속했죠.

노라　　　그래요, 그렇게 했어요.

크로그스타드　저는 몇 가지 조건을 걸고 그 돈을 구해주겠노라고 약속했습니
　　　　　다. 당신 마음은 남편의 질병에 너무 사로잡혀 있었고, 여행 자
　　　　　금을 얻기 위해 아주 혈안이 되어 있었죠. 그래서 당신은 우리
　　　　　거래 조건들에 대해서 별로 관심을 기울이지 않은 것처럼 보였
　　　　　습니다. 그러므로 내가 그 조건들을 당신에게 상기시켜 주는 것
　　　　　은 잘못된 일이 아닐 겁니다. 제가 작성한 증서를 담보로 하여
　　　　　돈을 주기로 약속했지요.

노라　　　그래요. 그리고 제가 사인을 했어요.

크로그스타드　맞습니다. 그런데 당신의 서명 아래에 당신의 아버지가 그 돈에
　　　　　대한 보증이 되기로 약정하는 몇 줄이 있었지요. 당신 아버지가
　　　　　그 몇 줄에 대해서 서명을 하셨어야만 했습니다.

노라　　　하셨어야만이라구요? 아버지가 서명을 했어요.

크로그스타드　제가 날짜는 빈칸으로 남겨두었지요. 말하자면, 당신 아버지 자
　　　　　신이 서류에 서명한 그 날짜를 기입했어야만 한단 말입니다. 그
　　　　　걸 기억하십니까?

노라　　　그래요. 기억나는 것 같아요—.

크로그스타드　그리고 저는 당신에게 증서를 주고 당신 아버지에게 우편으로
　　　　　보내라고 하였지요. 그렇지 않습니까?

NORA   Yes.

KROGSTAD   And you naturally did so at once, because five or six days afterwards you brought me the bond with your father's signature. And then I gave you the money.

NORA   Well, haven't I been paying it off regularly?

KROGSTAD   Fairly so, yes. But—to come back to the matter in hand—that must have been a very trying time for you, Mrs. Helmer?

NORA   It was, indeed.

KROGSTAD   Your father was very ill, wasn't he?

NORA   He was very near his end.

KROGSTAD   And died soon afterwards?

NORA   Yes.

KROGSTAD   Tell me, Mrs. Helmer, can you by any chance remember what day your father died?—on what day of the month, I mean.

NORA   Papa died on the 29th of September.

KROGSTAD   That is correct; I have ascertained[54] it for myself. And, as that is so, there is a discrepancy[55] (*Taking a paper from his pocket.*) which I cannot account for.

NORA   What discrepancy? I don't know—

KROGSTAD   The discrepancy consists, Mrs. Helmer, in the fact that your father signed this bond three days after his death.

---

54) ascertain: 확인하다, 규명하다.
55) discrepancy: 차이, 불일치.

노라   그래요.

크로그스타드   그리고 당신은 물론 즉시 그렇게 했지요. 왜냐하면 5, 6일 뒤에 당신 아버지의 서명이 담긴 그 증서를 가지고 왔으니까요. 그리고 그때 저는 당신에게 돈을 주었지요.

노라   그런데 제가 그 돈을 정기적으로 갚아오지 않았나요?

크로그스타드   물론, 잘해오셨습니다. 그런데 다루고 있는 문제의 본질로 돌아가면, 헬머 부인, 당신에게는 그 때가 아주 힘든 시절이었음이 분명합니다.

노라   정말로 그랬어요.

크로그스타드   당신 아버지는 매우 아프셨죠. 그렇지 않습니까?

노라   거의 죽음 가까이에 계셨지요.

크로그스타드   그리고 바로 직후에 돌아가셨습니까?

노라   맞아요.

크로그스타드   그렇다면, 헬머 부인, 혹시라도 당신 아버지가 돌아가신 날을 기억할 수 있습니까? 몇 월 며칠인지 말입니다.

노라   아빠는 9월 29일에 돌아가셨어요.

크로그스타드   맞습니다. 그걸 제 자신이 직접 확인했습니다. 그렇기 때문에 차이가 있는데 (주머니에서 서류를 꺼내며) 제가 이해할 수 없는 것입니다.

노라   무슨 차이 말입니까? 무슨 말인지 모르겠네요ㅡ.

크로그스타드   헬머 부인. 그 차이점이라고 하는 것은 당신 아버지가 돌아가신 뒤 3일 후에 이 증서에 서명을 했다는 사실입니다.

NORA   What do you mean? I don't understand —

KROGSTAD Your father died on the 29th of September. But, look here; your father has dated his signature the 2nd of October. It is a discrepancy, isn't it? (*NORA is silent.*) Can you explain it to me? (*NORA is still silent.*) It is a remarkable thing, too, that the words "the 2nd of October," as well as the year, are not written in your father's handwriting but in one that I think I know. Well, of course it can be explained; your father may have forgotten to date his signature, and someone else may have dated it haphazard[56] before they knew of his death. There is no harm in that. It all depends on the signature of the name; and that is genuine, I suppose, Mrs. Helmer? It was your father himself who signed his name here?

NORA   (*After a short pause, throws her head up and looks defiantly[57] at him.*) No, it was not. It was I that wrote papa's name.

KROGSTAD Are you aware that is a dangerous confession[58]?

NORA   In what way? You shall have your money soon.

KROGSTAD Let me ask you a question; why did you not send the paper to your father?

NORA   It was impossible; papa was so ill. If I had asked him for his signature, I should have had to tell him what the money was

---

56) haphazard: 우연히 일어난 일.
57) defiantly: 반항적이게, 도전적으로, 교만하게.
58) confession: 자백, 고백.

노라   무슨 말씀이세요? 무슨 소리인지 모르겠어요―.

크로그스타드   당신 아버지는 9월 29일에 돌아가셨습니다. 그런데 여길 보세
        요. 당신 아버지는 10월 2일에 서명에 날인하였습니다. 그게 차
        이가 나지 않습니까? (노라는 침묵을 지킨다.) 그걸 저에게 설명을 하
        실 수 있습니까? (노라는 여전히 말이 없다.) "10월 2일"이라고 하는
        단어가 년도와 함께 당신 아버지의 필체로 쓰인 것은 아니고 제
        생각에 제가 알고 있는 필체로 쓰인 것은 놀랄만한 일이지요.
        물론 그것은 설명할 수 있어요. 당신 아버지가 그의 서명에 날
        짜를 기입하는 것을 잊어버렸을 수도 있지요. 그리고 어떤 다른
        사람이 그의 죽음에 대해서 잘 모르고 아무렇게나 날짜를 기입
        했을 수도 있어요. 그 점은 큰 문제가 되지 않습니다. 모든 것은
        이름에 대한 서명에 달려 있지요. 그것은 진짜라고 생각됩니다
        만, 헬머 부인? 여기에 이름을 서명한 것은 당신 아버지 본인이
        셨지요?

노라   (잠깐 간격을 두고, 그녀의 머리를 위로 치켜들며 도전적으로 그를 바라본다.)
        아니에요, 그건 아니에요. 아빠의 이름을 써넣은 건 바로 저예
        요.

크로그스타드   그것이 위험한 고백이라고 하는 것을 알고 계십니까?

노라   어떤 면에서 그렇죠? 당신은 당신 돈을 금방 돌려 받게 될 거예
        요.

크로그스타드   제가 질문 하나 드리겠습니다. 왜 그 서류를 아버지에게 보내지
        않았습니까?

노라   불가능했어요. 아빠가 아주 아팠어요. 제가 만약 서명해 달라고
        아빠께 요청했다면, 그 돈이 어떻게 사용될 지에 대해서 말을

to be used for; and when he was so ill himself I couldn't tell him that my husband's life was in danger — it was impossible.

KROGSTAD   It would have been better for you if you had given up your trip abroad.

NORA   No, that was impossible. That trip was to save my husband's life; I couldn't give that up.

KROGSTAD   But did it never occur to you that you were committing a fraud on me?

NORA   I couldn't take that into account[59]; I didn't trouble myself about you at all. I couldn't bear you, because you put so many heartless difficulties in my way, although you knew what a dangerous condition my husband was in.

KROGSTAD   Mrs. Helmer, you evidently do not realize clearly what it is that you have been guilty of. But I can assure you that my one false step, which lost me all my reputation, was nothing more or nothing worse than what you have done.

NORA   You? Do you ask me to believe that you were brave enough to run a risk[60] to save[61] your wife's life?

KROGSTAD   The law cares nothing about motives.

NORA   Then it must be a very foolish law.

KROGSTAD   Foolish or not, it is the law by which you will be judged, if I produce this paper in court.

---

59) take into account: 고려하다.
60) run a risk: 위험을 무릅쓰다.
61) save: 제외하고.

해야만 했을 거예요. 아빠가 그렇게 아파 계시는데 제 남편의 목숨이 위험에 처해 있다고 할 수 없었어요. 그건 불가능했어요.

크로그스타드 만약 해외여행을 포기했었더라면, 당신에게 더 나을 뻔했군요.

노라 아니에요, 그것은 불가능했어요. 그 여행은 제 남편의 목숨을 구하기 위한 것이었죠. 저는 그것을 포기할 수가 없었어요.

크로그스타드 그렇지만 저에게 사기 행각을 벌이고 있다는 생각이 결코 들지 않았나요?

노라 그것을 생각할 수는 없었어요. 당신에 대해선 전혀 생각할 수가 없었어요. 당신은 견딜 수 없을 정도로 제가 하고자 하는 일에 그토록이나 많은 비정한 난관들을 만들어 두었기 때문이에요. 당신도 제 남편이 얼마나 위험한 상황에 처해 있었는지 알았잖아요.

크로그스타드 헬머 부인, 당신은 분명히 어떤 죄를 지었는지 깨닫지 못하고 있군요. 그렇지만 제가 분명히 말씀드릴 수 있는 것은 제 명예를 모두 앗아가 버린 한 번의 잘못된 발걸음도 당신이 했던 것보다 더 많지도 더 나쁘지도 않은 것이었답니다.

노라 당신이? 당신이 부인의 목숨을 구하기 위해서 위험을 감수할 만큼 용감했다고 제가 믿으라는 거예요?

크로그스타드 법률은 동기에 대해서는 개의치 않습니다.

노라 그렇다면 그것은 아주 엉터리 법률이 되겠군요.

크로그스타드 엉터리건 아니건, 그것은 만약 제가 이 서류를 법정에 제출하면 당신이 재판 받게 될 바로 그 법률입니다.

NORA   I don't believe it. Is a daughter not to be allowed to spare
          her dying father anxiety and care? Is a wife not to be
          allowed to save her husband's life? I don't know much
          about law; but I am certain that there must be laws
          permitting such things as that. Have you no knowledge of
          such laws — you who are a lawyer? You must be a very poor
          lawyer, Mr. Krogstad.

KROGSTAD Maybe. But matters of business — such business as you and
          I have had together — do you think I don't understand
          that? Very well. Do as you please. But let me tell you this
          — if I lose my position a second time, you shall lose yours
          with me.

          (He bows, and goes out through the hall.)

NORA   *(appears buried in thought for a short time, then tosses her head)*
          Nonsense! Trying to frighten me like that! — I am not so
          silly as he thinks. *(Begins to busy herself putting the CHILDREN's things
          in order.)* And yet — ? No, it's impossible! I did it for love's
          sake.

THE CHILDREN *(in the doorway on the left)*
          Mother, the stranger man has gone out through the gate.

NORA   Yes, dears, I know. But, don't tell anyone about the
          stranger man. Do you hear? Not even papa.

CHILDREN No, mother; but will you come and play again?

노라   저는 그것을 믿지 않아요. 딸이 죽어 가는 아버지에게 걱정과
        근심을 덜어드리는 것이 허용되지 않는다는 말씀입니까? 아내
        가 남편의 목숨을 구하는 것이 허용되지 않는다는 얘기입니까?
        저는 법에 대해서는 많이 알지 못해요. 그렇지만 그와 같은 것
        을 허용하는 법률이 있을 거라고 확신해요. 그런 법은 알지 못
        하세요? 변호사인 당신이? 당신은 아주 형편없는 변호사임에
        틀림없어요, 크로그스타드 씨.

크로그스타드   아마 그럴지도 모르죠. 하지만 사업상의 문제, 당신과 내가 함
        께 해 온 그런 사업 말입니다. 제가 그것을 이해하지 못한다고
        생각하시나요? 좋습니다. 원하시는 대로 하세요. 그렇지만 당신
        에게 이 말만은 해야겠습니다. 만약 제가 제 자리를 두 번씩 잃
        게 된다면, 나와 함께 당신도 당신의 자리를 잃게 될 겁니다.
        (그가 절을 하고 거실을 통해 나간다.)

노라   (잠깐 동안 생각에 묻혀 있는 것처럼 보인다. 그러다가 머리를 흔든다.)
        말도 안돼! 이런 식으로 나를 위협하려고 하다니! 그가 생각하
        는 것만큼 난 어리석지 않아. (아이들의 물건을 정돈하면서 바쁘게 움직
        인다.) 그런데? 아니야, 그건 불가능해! 나는 사랑 때문에 그 일을
        했잖아.

아이들   (왼쪽 문견에서)
        엄마, 낯선 사람이 문 밖으로 나갔어요.

노라   그래, 사랑하는 아이들아, 나도 안다. 그런데 낯선 사람에 대해
        서는 아무에게도 말하지 말거라. 말 듣고 있니? 심지어 아빠에
        게도 하면 안 돼.

아이들   그래요 엄마. 그런데 와서 다시 놀아줄 거죠?

NORA   No, no,—not now.

CHILDREN   But, mother, you promised us.

NORA   Yes, but I can't now. Run away in; I have such a lot to do.

Run away in, my sweet little darlings.

(She gets them into the room by degrees and shuts the door on them; then sits down on the sofa, takes up a piece of needlework and sews a few stitches[62], but soon stops.)

No!

(Throws down the work, gets up, goes to the hall door and calls out.) Helen! bring the tree in.

(Goes to the table on the left, opens a drawer, and stops again.)

No, no! it is quite impossible!

MAID   *(coming in with the tree)*

Where shall I put it, ma'am?

NORA   Here, in the middle of the floor.

MAID   Shall I get you anything else?

NORA   No, thank you. I have all I want. *(Exit MAID.)*

NORA   *(begins dressing the tree)*

A candle here-and flowers here— The horrible man! It's all nonsense—there's nothing wrong. The tree shall be splendid! I will do everything I can think of to please you, Torvald!—I will sing for you, dance for you— *(HELMER comes in with some papers under his arm.)* Oh! are you back already?.

HELMER   Yes. Has anyone been here?

---

62) stitch: 한 바늘, 바늘땀, 뜨는 법, 천, 근소한 양.

노라 아니, 아니 ─ 지금은 안 돼.

아이들 그런데, 엄마, 약속했잖아요.

노라 그래, 그렇지만 지금은 안 돼. 안으로 달려들어가. 난 할 일이
아주 많다. 안으로 들어가려무나. 달콤한 작은 사랑덩어리들아.
(아이들을 조금씩 문 쪽으로 밀어 넣고 문을 닫는다. 그리고 소파에 앉아서 바느
질감을 들고 몇 땀을 깁는다. 그러다가 금방 멈춘다.)
아니야!
(바느질감을 던져버리고, 일어서서, 현관문으로 가서 소리친다.) 헬렌! 나무를
들여와.
(왼쪽 탁자로 가서 서랍을 열고 다시 멈춘다.)
아니야, 아니야! 그건 정말 불가능해!

하녀 (나무를 들고 들어오며)
마님, 어디에 둘까요?

노라 여기, 마루 중앙에.

하녀 뭘 갖다 드릴까요?

노라 아니, 괜찮아. 필요한 건 모두 다 있어.   [하녀 퇴장]

노라 (나무 장식을 시작한다.)
여기에 촛불을 달고, 여기엔 꽃을 ─. 그 끔찍한 사람! 그건 다
쓸데없는 얘기야 ─. 잘못된 건 아무 것도 없어. 나무가 정말 멋
질 거야! 내가 생각할 수 있는 것은 뭐든지 해서 토발드 당신을
즐겁게 해 줄 거예요! 당신을 위해 노래하고 춤 출 거예요. (헬머
가 옆구리에 서류를 끼고 들어온다.) 오! 벌써 돌아오셨어요?

헬머 그렇소. 여기 누가 왔소?

NORA	Here? No.
HELMER	That is strange. I saw Krogstad going out of the gate.
NORA	Did you? Oh yes, I forgot, Krogstad was here for a moment.
HELMER	Nora, I can see from your manner that he has been here begging you to say a good word for him.
NORA	Yes.
HELMER	And you were to appear to do it of your own accord[63]; you were to conceal from me the fact of his having been here; didn't he beg that of you too?
NORA	Yes, Torvald, but—
HELMER	Nora, Nora, and you would be a party to that sort of thing? To have any talk with a man like that, and give him any sort of promise? And to tell me a lie into the bargain[64]?
NORA	A lie—?
HELMER	Didn't you tell me no one had been here? (*Shakes his finger at her.*) My little songbird must never do that again. A songbird must have a clean beak to chirp[65] with—no false notes! (*Puts his arm round her waist.*) That is so, isn't it? Yes, I am sure it is. (*Lets her go.*) We will say no more about it. (*Sits down by the stove.*) How warm and snug it is here! (*Turns over his papers.*)

---

63) of one's own accord: 자발적으로, 자진해서.
64) into the bargain: 게다가.
65) chirp: 짹짹울다, 떠들썩하게 이야기하다.

노라	여기요? 아니요.
헬머	그거 이상하군. 크로그스타드가 문 밖으로 나가는 걸 보았는데.
노라	그러셨어요? 오 맞아요, 제가 잊어버렸네요. 크로그스타드가 여기 잠깐 들렸어요.
헬머	노라, 당신 태도를 보아하니 그가 여기 와서 자기를 위해 좋은 말을 해 달라고 부탁하고 간 것 같소.
노라	그래요.
헬머	그리고 당신은 스스로 그 일을 하는 것처럼 보이려 했군. 당신은 그가 여기 왔었다는 사실을 숨기려고 했지. 그가 그것도 당신에게 부탁하지 않았소?
노라	그래요, 토발드. 그렇지만―.
헬머	노라, 노라, 당신이 그런 일에 일당이 되려고 한단 말이요? 그와 같은 사람과 이야기를 하고, 그에게 어떤 종류의 약속을 하고 말이오? 게다가 나에게 거짓말까지?
노라	거짓말이요―?
헬머	여기 아무도 오지 않았다고 당신이 말하지 않았소? (그녀에게 손가락을 흔든다.) 내 작은 노래하는 새는 그런 일을 다신 해선 안 되오. 노래하는 새는 지저귈 수 있는 깨끗한 부리를 가져야 한다오. 거짓된 곡조를 부르면 안 되지. (그녀의 허리에 팔을 두른다.) 그렇지 않소? 그래, 분명히 그런 거요. (그녀를 풀어준다.) 우리 더 이상 그것에 대해서 말하지 맙시다. (난로 가에 앉는다.) 여기는 얼마나 따뜻하고 안락한가! (서류를 뒤적인다.)

NORA	*(after a short pause, during which she busies herself with the Christmas tree.)* Torvald!
HELMER	Yes.
NORA	I am looking forward tremendously to the fancy-dress ball [66] at the Stenborgs' the day after tomorrow.
HELMER	And I am tremendously curious to see what you are going to surprise me with.
NORA	It was very silly of me to want to do that.
HELMER	What do you mean?
NORA	I can't hit upon[67] anything that will do; everything I think of seems so silly and insignificant[68].
HELMER	Does my little Nora acknowledge that at last?
NORA	*(standing behind his chair with her arms on the back of it)* Are you very busy, Torvald?
HELMER	Well —
NORA	What are all those papers?
HELMER	Bank business.
NORA	Already?
HELMER	I have got authority from the retiring manager to undertake the necessary changes in the staff and in the rearrangement of the work; and I must make use of[69] the Christmas week for that, so as to have everything in order for the new year.

---

66) fancy-dress ball: 가장무도회.
67) hit upon: 공격하다, 우연히 발견하다, 생각나다, 상을 타다, 득점하다.
68) insignificant: 중요하지 않은, 근소한, 무의미한.
69) make use of: 이용하다.

노라 　(잠깐 멈춘다, 그 사이 그녀는 크리스마스 나무를 장식하는데 바쁘다.)

　　　토발드!

헬머 　응.

노라 　저는 모레 스텐보그 씨의 집에서 열릴 가장 무도회를 너무 너무

　　　고대하고 있답니다.

헬머 　나도 당신이 무엇으로 나를 놀라게 할지 무척 궁금하오.

노라 　그것을 제가 선택하고 싶어 한 것은 정말 바보짓이었어요.

헬머 　무슨 말이오?

노라 　쓸 만한 것을 한 가지도 생각해 낼 수가 없어요. 제가 생각하는

　　　모든 것은 정말 바보스럽고 하찮아 보여요.

헬머 　내 작은 노라가 마침내 그 사실을 인정하는 거요?

노라 　(그의 의자 뒤에 서서 의자의 등에 팔을 대고)

　　　토발드, 아주 바쁘세요?

헬머 　음ー.

노라 　이 서류들은 다 뭐죠?

헬머 　은행 업무요.

노라 　벌써요?

헬머 　은퇴하는 은행장으로부터 업무를 재정비하고 직원들에게 필요

　　　한 변화를 취하도록 하는 권한을 위임받았소. 크리스마스 주간

　　　동안 그 일을 하면서 시간을 보내야 할 것 같소. 새해에 대비해

　　　서 모든 것을 정돈할 수 있도록 말이오.

NORA   Then that was why this poor Krogstad —

HELMER   Hm!

NORA   (*leans against the back of his chair and strokes his hair.*)
If you hadn't been so busy I should have asked you a tremendously big favour, Torvald.

HELMER   What is that? Tell me.

NORA   There is no one has such good taste as you. And I do so want to look nice at the fancy-dress ball. Torvald, couldn't you take me in hand and decide what I shall go as, and what sort of a dress I shall wear?

HELMER   Aha! so my obstinate[70] little woman is obliged to get someone to come to her rescue?

NORA   Yes, Torvald, I can't get along a bit without your help.

HELMER   Very well, I will think it over, we shall manage to[71] hit upon something.

NORA   That is nice of you. (*Goes to the Christmas tree. A short pause.*) How pretty the red flowers look —. But, tell me, was it really something very bad that this Krogstad was guilty of?

HELMER   He forged someone's name. Have you any idea what that means?

NORA   Isn't it possible that he was driven to do it by necessity?

HELMER   Yes; or, as in so many cases, by imprudence[72]. I am not so

---

70) obstinate: 완고한, 감당하기 어려운.

71) manage to: 잘 해내다.

72) imprudence: 뻔뻔스러움.

노라 그렇다면 그것 때문에 불쌍한 크로그스타드가—.

헬머 흠!

노라 (의자의 등에 기대서 그의 머리를 만진다.)
만약 당신이 그렇게 바쁘지 않으셨다면, 엄청나게 큰 부탁을 했
었을 텐데요, 토발드.

헬머 그게 무엇이요? 말해 보시오.

노라 당신만큼 좋은 취향을 가진 사람은 없어요. 그리고 저는 가장
무도회에서 아주 예쁘게 보이고 싶어요. 토발드, 당신이 직접
제가 어떤 종류의 옷을 입어야 할지, 또 어떤 사람으로 분장해
야 할지를 결정해 주실 순 없으세요?

헬머 아하! 그래 나의 고집불통 작은 여인이 그녀를 구해줄 어떤 사
람을 찾게 되는 모양이구려.

노라 그래요, 토발드. 당신 없이는 조금도 살아갈 수가 없어요.

헬머 좋소, 내가 생각해 보겠소, 무언가 생각나는 게 있을 거요.

노라 당신 정말 멋져요. (크리스마스 나무로 간다. 잠깐 멈춘다.) 빨간 꽃들이
참 예뻐 보이네요. 그런데 크로그스타드가 저지른 일이 어떤 아
주 나쁜 것인가요?

헬머 그는 다른 사람의 이름을 위조했소. 그게 무슨 의미인지 당신
알겠소?

노라 그가 어쩔 수 없이 그 일을 하게 된 것은 아닐까요?

헬머 맞소. 아니면 많은 다른 사건에서처럼, 경솔함 때문이었을 수도

heartless as to condemn a man altogether because of a
single false step of that kind.

NORA No, you wouldn't, would you, Torvald?

HELMER Many a man has been able to retrieve his character, if he
has openly confessed his fault and taken his punishment.

NORA Punishment—?

HELMER But Krogstad did nothing of that sort; he got himself out
of it by a cunning trick, and that is why he has gone under
altogether.

NORA But do you think it would—?

HELMER Just think how a guilty man like that has to lie and play
the hypocrite[73] with every one, how he has to wear a
mask in the presence of those near and dear to him, even
before his own wife and children. And about the children
—that is the most terrible part of it all, Nora.

NORA How?

HELMER Because such an atmosphere of lies infects and poisons the
whole life of a home. Each breath the children take in
such a house is full of the germs of evil.

NORA (coming nearer him)
Are you sure of that?

HELMER My dear, I have often seen it in the course of my life as a
lawyer. Almost everyone who has gone to the bad early in
life has had a deceitful mother.

---

73) hypocrite: 위선자.

있소. 나는 그런 종류의 한 번의 잘못 때문에 그 사람을 통째로
정죄할 만큼 비정한 사람은 아니라오.

노라 맞아요, 당신은 그렇지 않아요, 그렇죠, 토발드?

헬머 공개적으로 자기 죄를 고백하고 처벌을 받은 수많은 사람들은
자신들의 인격을 되찾을 수 있었소.

노라 처벌이라구요?

헬머 그렇지만 크로그스타드는 그 일을 하지 않았소. 그는 교묘한 술
책을 통해서 빠져나갔지. 바로 그것 때문에 그가 나락으로 떨어
져 버린 거요.

노라 그런데 당신 생각에 그것이－?

헬머 그냥 생각해 보시오. 그와 같은 죄를 지은 사람은 모든 사람에
게 거짓말을 해야 하고 위선자의 역할을 해야 하오. 자기에게
소중하고 가까운 사람들, 심지어 자기 부인과 아이들 앞에서도
하나의 가면을 써야한다는 사실 말이오. 그리고 아이들을 생각
해 보오. 그것이 가장 끔찍한 부분이오, 노라.

노라 어떻게요?

헬머 왜냐하면 그런 거짓말의 분위기가 가정의 모든 생활을 감염시
키고 해롭게 하기 때문이오. 그러한 집에서 어린 아이가 들이
마시는 모든 공기는 악의 세균으로 가득 차 있다오.

노라 (그에게 가까이 다가오면서)
그게 정말이세요?

헬머 여보, 나는 가끔씩 변호사로 살아온 삶의 과정 속에서 그것을
보았소. 인생의 초창기에 나쁜 길로 들어선 거의 모든 사람들에
게는 기만적인 어머니가 있었소.

NORA   Why do you only say—mother?

HELMER   It seems most commonly to be the mother's influence, though naturally a bad father's would have the same result. Every lawyer is familiar with the fact. This Krogstad, now, has been persistently[74] poisoning his own children with lies and dissimulation[75]; that is why I say he has lost all moral character. (*Holds out his hands to her.*) That is why my sweet little Nora must promise me not to plead his cause. Give me your hand on it. Come, come, what is this? Give me your hand. There now, that's settled. I assure you it would be quite impossible for me to work with him; I literally feel physically ill when I am in the company of such people.

NORA   (*takes her hand out of his and goes to the opposite side of the Christmas Tree*) How hot it is in here; and I have such a lot to do.

HELMER   (*getting up and putting his papers in order*) Yes, and I must try and read through some of these before dinner; and I must think about your costume, too. And it is just possible I may have something ready in gold paper to hang up on the Tree. (*Puts his hand on her head.*) My precious little singing-bird! (*He goes into his room and shuts the door after him.*)

NORA   (*after a pause, whispers*) No, no—it isn't true. It's impossible; it must be impossible. (*The NURSE opens the door on the left.*)

---

74) persistently: 집요하게, 끊임없이.
75) dissimulation: 숨기기, 가장.

노라   왜 단지 어머니라고만 말씀하세요?

헬머   대부분 그렇듯이, 어머니의 영향인 것처럼 보이오. 물론 나쁜 아버지의 영향도 똑같은 결과를 갖게 될 것이지만 말이오. 모든 변호사는 그 사실을 알고 있소. 크로그스타드는, 이제, 끊임없이 자신의 아이들에게 거짓말과 속임수로 해악을 끼칠 것이오. 그것이 바로 그가 모든 도덕적인 인품을 잃어버렸다고 하는 이유요. (그녀에게 그의 손을 내민다.) 그것이 바로 내 사랑스러운 작은 노라가 그의 처지를 나에게 호소하지 않기로 약속해야만 하는 이유가 되는 셈이오. 그 일에 대해서 당신 손을 내게 주시오. 자, 자, 이게 뭐요? 당신 손을 주시오. 자, 이제 됐소. 확신컨대, 내가 그와 함께 일하는 것은 아주 불가능한 일이오. 나는 문자 그대로 그런 사람과 함께 있을 때는 몸이 아픈 것처럼 느끼오.

노라   (그의 손에서 손을 빼고 크리스마스 나무의 반대편으로 간다.) 여긴 정말 덥구나. 난 할 일도 참 많아.

헬머   (일어서서 서류를 정돈하며)

그래, 저녁 먹기 전에 이 서류 중에 얼마라도 읽어보아야겠소. 또 당신 의상도 내가 생각해 보겠소. 그리고 나무 위에 금박지로 싸서 매달아 둘 어떤 것도 준비할 수 있을 것 같소. (그녀의 머리에 손을 얹는다.) 내 소중한 작은 노래하는 새! (그의 방으로 가서 문을 닫는다.)

노라   (잠깐 멈춘 후, 속삭인다.)

아니, 아니ㅡ. 그건 사실이 아냐. 그건 불가능해. 그건 불가능해야만 해.

(보모가 왼쪽 문을 연다.)

NURSE   The little ones are begging so hard to be allowed to come
in to mamma.

NORA   No, no, no! Don't let them come in to me! You stay with
them, Anne.

NURSE   Very well, ma'am. (*Shuts the door*)

NORA   (*pale with terror*)
Deprave[76] my little children? Poison my home? (*A short
pause. Then she tosses her head.*) It's not true. It can't possibly be
true.

---

76) **deprave**: 나쁘게 하다, 부패시키다.

보모   애들이 엄마에게 오겠다고 졸라대고 있어요.

노라   아니야, 아니야, 아니야! 나에게 오게 하지 마! 애들과 함께 있

          어줘, 앤.

보모   알겠습니다, 마님. (문을 닫는다.)

노라   (공포로 창백해져서)

          내 아이들을 타락시킨다고? 내 가정을 해롭게 한다고? (잠깐 멈춘

          다. 그리고 머리를 쳐든다.) 그건 사실이 아니야. 그건 사실일 리가 없

          어.

Act **II**

THE SAME SCENE. —THE Christmas tree is in the corner by the piano, stripped of its ornaments and with burnt-down candle-ends on its dishevelled branches. NORA'S cloak and hat are lying on the sofa. She is alone in the room, walking about uneasily. She stops by the sofa and takes up her cloak.

NORA   *(drops her cloak)*

Someone is coming now! *(Goes to the door and listens.)* No—it is no one. Of course, no one will come today, Christmas Day —nor tomorrow either. But, perhaps—*(Opens the door and looks out.)* No, nothing in the letter-box; it is quite empty. *(Comes forward.)* What rubbish[77]! Of course he can't be in earnest about it. Such a thing couldn't happen; it is impossible—I have three little children.

(Enter the NURSE from the room on the left, carrying a big cardboard box.)

NURSE   At last I have found the box with the fancy dress.

---

77) rubbish: 쓰레기, 하찮은 일.

같은 장소. 크리스마스 나무가 피아노 옆 구석진 곳에 있다. 장식들이 떼어져 있고, 헝클어진 나뭇가지에 녹아 내린 초 동강이들이 달려 있다. 노라의 옷과 모자는 소파 위에 놓여 있다. 방에 홀로 있는 그녀는 불편하게 걸어 다니고 있다. 소파 옆에 멈춰서 외투를 집어 든다.

노라   (외투를 떨어뜨린다.)
누군가 지금 오고 있어! (문으로 가서 귀를 기울인다.) 아니야—아무도 아니야. 물론 오늘은 아무도 오지 않을 거야. 크리스마스인 오늘은 아무도 오지 않을 거야. 내일도 오지 않을 거야. 그런데 혹시—. (문을 열고 내다본다.) 아니야, 편지함에는 아무 것도 없어. 정말 비어있어. (앞으로 다가선다.) 무슨 쓰레기 같은 생각이! 물론 그가 그 일에 대해서 진정일리가 없어. 그런 일은 발생할 수가 없어. 그건 불가능해. 난 어린 아이가 셋이나 있는데.
(왼쪽에 있는 방으로부터 보모가 커다란 마분지 상자를 들고 들어온다.)

보모   마침내 가장 무도회 의상이 들어있는 옷상자를 찾았어요.

NORA   Thanks; put it on the table.

NURSE   (*doing so*)

          But it is very much in want of mending[78].

NORA   I should like to tear it into a hundred thousand pieces.

NURSE   What an idea! It can easily be put in order—just a little
          patience.

NORA   Yes, I will go and get Mrs. Linde to come and help me
          with it.

NURSE   What, out again? In this horrible weather? You will catch
          cold, ma'am, and make yourself ill.

NORA   Well, worse than that might happen. How are the
          children?

NURSE   The poor little souls are playing with their Christmas
          presents, but—

NORA   Do they ask much for me?

NURSE   You see, they are so accustomed to[79] have their mamma
          with them.

NORA   Yes, but, nurse, I shall not be able to be so much with
          them now as I was before.

NURSE   Oh well, young children easily get accustomed to anything.

NORA   Do you think so? Do you think they would forget their
          mother if she went away altogether?

NURSE   Good heavens!—went away altogether?

---

78) mend: 수선하다, 개선하다.

79) be accustomed to: 익숙해진, 습관이 된, 길들여진.

노라　　고마워. 탁자 위에 놓아둬.

보모　　(그렇게 하면서)

　　　　그런데 수선을 많이 할 필요가 있을 것 같아요.

노라　　그 옷을 십만 갈래로 찢어버리고 싶구나.

보모　　왜 그런 생각을! 쉽게 수선할 수 있어요. 약간만 참으시면 돼요.

노라　　그래, 가서 린드 부인에게 그 일을 좀 도와달라고 부탁해야겠
　　　　다.

보모　　뭐라구요, 다시 나가신다구요? 이런 끔찍한 날씨예요? 마님, 감
　　　　기에 걸리시겠어요, 그리고 드러눕게 되실 거예요.

노라　　그것보다 더한 일도 일어날 수 있어. 아이들은 어때?

보모　　그 가련하고 불쌍한 녀석들은 크리스마스 선물을 가지고 놀고
　　　　있어요. 그런데 —.

노라　　아이들이 나를 많이 찾고 있어?

보모　　아시다시피, 엄마와 함께 있는 게 익숙해 있잖아요.

노라　　그래, 하지만, 보모, 내가 예전만큼 아이들과 많이 놀아줄 수 없
　　　　을 것 같아.

보모　　괜찮아요, 아이들은 어떤 것이라도 쉽게 적응하거든요.

노라　　그렇게 생각해? 만약 엄마가 멀리 가버린다면 엄마를 잊어버릴
　　　　까?

보모　　맙소사! 멀리 가버린다고요?

NORA   Nurse, I want you to tell me something I have often wondered about—how could you have the heart to put your own child out among strangers?

NURSE   I was obliged to, if I wanted to be little Nora's nurse.

NORA   Yes, but how could you be willing to do it?

NURSE   What, when I was going to get such a good place by it? A poor girl who has got into trouble should be glad to. Besides, that wicked man didn't do a single thing for me.

NORA   But I suppose your daughter has quite forgotten you.

NURSE   No, indeed she hasn't. She wrote to me when she was confirmed[80], and when she was married.

NORA   (*putting her arms round her neck*)
Dear old Anne, you were a good mother to me when I was little.

NURSE   Little Nora, poor dear, had no other mother but me.

NORA   And if my little ones had no other mother, I am sure you would—What nonsense I am talking! (*Opens the box.*) Go in to them. Now I must—. You will see tomorrow how charming I shall look.

NURSE   I am sure there will be no one at the ball so charming as you, ma'am. (*Goes into the room on the left.*)

---

80) confirm: 견진성사를 하다.

노라 　보모, 내가 종종 궁금해하던 것을 말해줄 수 있어? 당신은 어떻게 당신의 아이를 낯선 사람들 사이에 내맡길 용기를 낼 수 있었어요?

보모 　어쩔 수 없었죠. 만약 내가 어린 노라의 보모가 되기를 원한다면 말이죠.

노라 　그래요, 그렇지만 어떻게 그렇게 기꺼이 할 수가 있었어요?

보모 　글쎄요. 그 일로 인해서 이처럼 좋은 직장을 얻게 되었는데요. 어려움에 봉착한 불쌍한 여자는 기뻐할 일이죠. 게다가 나쁜 그 양반은 나를 위해서는 한 가지 일도 하려들지 않았어요.

노라 　그런데 당신 딸이 당신을 아주 잊어버린 것 같다는 생각이 들어요.

보모 　아니, 사실 그렇지는 않아요. 그 애가 견진세례를 받았을 때와 결혼했을 때 나에게 편지를 썼죠.

노라 　(그녀의 목을 팔로 감싸면서)
사랑하는 오랜 친구 앤, 내가 어렸을 때 당신은 좋은 엄마였어요.

보모 　불쌍하게, 어린 노라는 나말고 다른 엄마가 없었지요.

노라 　만약에 내 아이들이 다른 엄마가 없다면 분명히 당신이ー 내가ー무슨 쓸데없는 소리를 하고 있지! (상자를 연다.) 애들에게 가 봐요. 이제 나는ー 보모는 내일 내가 얼마나 아름답게 보일지 보게 될 거야.

보모 　무도회에서 마님만큼 매력적인 사람은 아무도 없을 거라고 확신해요. (왼쪽 방으로 들어간다.)

NORA   (*begins to unpack the box, but soon pushes it away from her.*)

If only I dared go out. If only no one would come. If only I could be sure nothing would happen here in the meantime. Stuff and nonsense[81]! No one will come. Only I mustn't think about it. I will brush my muff[82]. What lovely, lovely gloves! Out of my thoughts, out of my thoughts! One, two, three, four, five, six — (*Screams.*) Ah! there is someone coming —. (*Makes a movement towards the door, but stands irresolute[83].*)

(*Enter MRS. LINDE from the hall, where she has taken off her cloak and hat.*)

NORA   Oh, it's you, Christine. There is no one else out there, is there? How good of you to come!

MRS. LINDE   I heard you were up asking for me.

NORA   Yes, I was passing by. As a matter of fact, it is something you could help me with. Let us sit down here on the sofa. Look here. Tomorrow evening there is to be a fancy-dress ball at the Stenborgs', who live above us; and Torvald wants me to go as a Neapolitan fisher-girl, and dance the Tarantella that I learned at Capri.

MRS. LINDE   I see; you are going to keep up the character[84].

---

81) stuff and nonsense: 쓸데 없는 소리.
82) muff: 토시.
83) irresolute: 우물쭈물한.
84) keep up the character: 그 인물로 분장하려고 하는구나.

노라　　　(상자를 열기 시작하다가 금방 밀쳐버린다.)

만약 내가 감히 나가버린다면, 다만 아무도 오지 않는다면, 만약 한 동안 여기서 아무런 일도 일어나지 않을 거라고 내가 확신할 수 있다면. 쓸데없는 소리! 아무도 오지 않을 거야. 단지 내가 그 생각을 하지 말아야 해. 내 토시를 손질해야지. 얼마나 아름답고, 어여쁜 장갑인가! 생각을 하지 말아야 해. 생각을 하지 말아야 해! 하나, 둘, 셋, 넷, 다섯, 여섯—(비명을 지른다.) 아! 누군가 오고 있어—.(문 쪽을 향해 움직이다가 우물쭈물 서 있다.)

(현관에서 모자와 외투를 벗고 린드 부인이 들어온다.)

노라　　　오, 크리스틴, 너구나. 거기 다른 아무도 없지, 누가 있니? 네가 오다니 얼마나 다행인지 몰라!

린드 부인　나를 찾으러 왔다는 소식을 들었어.

노라　　　그래, 지나가다가. 사실 네가 날 도울 수 있는 어떤 일이야. 여기 소파에 앉자. 여길 봐. 내일 저녁에 우리들 위층에 살고 있는 스텐보그 씨 집에서 가장 무도회가 있을 거야. 토발드는 내가 네폴리탄 어부소녀로 차려입고 카프리에서 배웠던 타란텔라 춤을 추기를 원해.

린드 부인　그래. 네가 그 인물로 분장하려고 하는구나.

NORA   Yes, Torvald wants me to. Look, here is the dress; Torvald
              had it made for me there, but now it is all so torn, and I
              haven't any idea —

MRS. LINDE   We will easily put that right. It is only some of the
              trimming[85] that has come unsewn here and there. Needle
              and thread? Now then, that's all we want.

NORA   It is nice of you.

MRS. LINDE   (sewing) So you are going to be dressed up[86] tomorrow
              NORA. I will tell you what — I shall come in for a moment
              and see you in your fine feathers. But I have completely
              forgotten to thank you for a delightful evening yesterday.

NORA   (gets up, and crosses the stage)
              Well, I don't think yesterday was as pleasant as usual. You
              ought to have come to town a little earlier, Christine.
              Certainly Torvald does understand how to make a house
              dainty[87] and attractive.

MRS. LINDE   And so do you, it seems to me; you are not your father's
              daughter for nothing. But tell me, is Doctor Rank always
              as depressed as he was yesterday?

NORA   No; yesterday it was very noticeable. I must tell you that
              he suffers from a very dangerous disease. He has
              consumption[88] of the spine[89], poor creature. His father

---

85) trim: 정돈하다, 장식하다, 삭제하다.
86) dress up: 정장하다. 성장하다.
87) dainty: 고상한, 우아한, 맛있는.
88) consumption: 결핵.

노라	맞아, 토발드가 그러길 원해. 자, 여기 그 옷이야. 토발드가 그 곳에서 날 위해 맞추어 준 것이지. 근데 전부 뜯어져서 어떻게 해야 할지 모르겠어—.
린드 부인	그건 쉽게 고치겠는데. 여기 저기 실이 풀린 곳을 조금 다듬기만 하면 돼. 실과 바늘 있지? 이제, 그것만 있으면 돼.
노라	고마워.
린드 부인	(바느질하면서) 노라, 네가 내일 옷을 잘 차려 입는단 말이지? 이렇게 하면 어떨까—. 내가 잠깐 들려서 예쁜 옷을 입고 있는 너를 봐야겠다. 그런데 어제 저녁은 참 즐거웠어, 네게 감사하단 말을 깜빡했다.
노라	(일어나서, 무대를 가로지른다.)

어제는 보통 때만큼 그렇게 재미있었던 것은 아니야. 크리스틴, 네가 조금 더 빨리 읍내에 왔었더라면 좋았을 텐데. 토발드는 정말 집을 화려하고 멋있는 곳으로 만드는 방법을 알고 있단 말이야.

린드 부인	내겐 너도 그런 것 같아. 괜히 네 아빠의 딸인 것은 아니지. 그런데 있잖아, 랭크 박사님은 어제처럼 항상 그렇게 침울하시니?
노라	아니야, 어제는 눈에 띌 정도였지. 그는 아주 위험한 질병때문에 고통을 받고 있어. 불쌍한 사람, 그는 척수결핵이야. 그의 아

---

89) spine: 척추, 돌기.

was a horrible man who committed all sorts of excesses; and that is why his son was sickly from childhood, do you understand?

MRS. LINDE   (*dropping her sewing*) But, my dearest Nora, how do you know anything about such things?

NORA   (*walking about*)

Pooh! When you have three children, you get visits now and then from—from married women, who know something of medical matters, and they talk about one thing and another.

MRS. LINDE   (*goes on sewing. A short silence*) Does Doctor Rank come here everyday?

NORA   Everyday regularly. He is Torvald's most intimate friend, and a great friend of mine too. He is just like one of the family.

MRS. LINDE   But tell me this—is he perfectly sincere? I mean, isn't he the kind of man that is very anxious to make himself agreeable?

NORA   Not in the least. What makes you think that?

MRS. LINDE   When you introduced him to me yesterday, he declared he had often heard my name mentioned in this house; but afterwards I noticed that your husband hadn't the slightest idea who I was. So how could Doctor Rank—?

NORA   That is quite right, Christine. Torvald is so absurdly fond of me that he wants me absolutely to himself, as he says.

버지는 온갖 종류의 과도한 일을 저지른 끔찍한 사람이었어. 그래서 그의 아들이 어릴 때부터 병치레를 했었지. 무슨 말인지 알겠어?

린드 부인 (바느질감을 놓으면서) 그런데, 사랑하는 노라, 그런 일을 어떻게 알고 있어?

노라 (어슬렁거리면서)

푸! 아이가 셋이나 있으면, 종종 결혼한 여자들이 방문을 한단다. 그들이 의학적인 문제에 대해서 꽤 알고 있어서 이런 저런 이야기를 하곤 해.

린드 부인 (바느질을 계속하며, 짧은 침묵이 흐른다.) 랭크 박사님이 여기 매일 오시니?

노라 매일 규칙적으로 오셔. 토발드의 가장 친한 친구시거든. 그리고 나의 좋은 친구이기도 해. 마치 가족의 한 사람 같아.

린드 부인 그런데 말해봐, 그가 정말 신실한 사람이니? 말하자면, 자기 자신을 괜찮은 사람으로 만들기 위해서 전전긍긍하는 그런 종류의 사람은 아니니?

노라 조금도 그렇지 않아. 왜 그런 생각을 하게 됐어?

린드 부인 네가 어제 그를 나에게 소개해줬을 때, 그는 가끔씩 내 이름이 이 집에서 언급되는 소리를 들었다고 말했어. 그런데 나중에 네 남편은 내가 누군지에 대해서 눈꼽만큼의 생각도 없던데. 그러면 어떻게 해서 랭크 박사가―?

노라 맞는 말이야, 크리스틴. 토발드는 정말 터무니없을 만큼 나를 좋아해서, 그의 말처럼, 나를 완전히 독점하고 싶어 해.

At first he used to seem almost jealous if I mentioned[90] any of the dear folk at home, so naturally I gave up doing so. But I often talk about such things with Doctor Rank, because he likes hearing about them.

MRS. LINDE   Listen to me, Nora. You are still very like a child in many things, and I am older than you in many ways and have a little more experience. Let me tell you this—you ought to make an end of[91] it with Doctor Rank.

NORA   What ought I to make an end of?

MRS. LINDE   Of two things, I think. Yesterday you talked some nonsense about a rich admirer who was to leave you money—

NORA   An admirer who doesn't exist, unfortunately! But what then?

MRS. LINDE   Is Doctor Rank a man of means?

NORA   Yes, he is.

MRS. LINDE   And has no one to provide for?

NORA   No, no one; but—

MRS. LINDE   And comes here everyday?

NORA   Yes, I told you so.

MRS. LINDE   But how can this well-bred man be so tactless[92]?

NORA   I don't understand you at all.

---

90) mention: 언급하다, 말하다.
91) make an end of:
92) tactless: 눈치 없는, 재치 없는.

처음엔 친정 집의 사랑하는 사람들 이야기만 해도 거의 질투하는 것처럼 보이곤 했어. 그래서 자연스럽게 나는 그러길 포기했어. 그런데 난 랭크 박사님에게 가끔 그런 이야기들을 해. 왜냐하면 그는 이야기 듣는 것을 좋아하니까.

린드 부인 내 말 들어봐, 노라. 너는 아직도 많은 일에 있어서 어린애 같아. 나는 여러 가지 면에서 너보다 나이도 많고 경험도 조금 더 있어. 내가 너에게 하고 싶은 말이 있는데ー너는 랭크 박사와의 그것을 끊어야 해.

노라 내가 뭘 끊어야 한다고?

린드 부인 내 생각에 두 가지야. 어제 너는 네게 돈을 남겨줄 어떤 부유한 흠모자에 대해서 쓸데없는 얘기를 했어ー.

노라 불행하게도, 존재하지 않는 흠모자지! 그런데 그게 어때서?

린드 부인 랭크 박사는 자산이 있는 사람이지?

노라 그래, 맞아.

린드 부인 부양할 사람은 아무도 없고?

노라 그래, 아무도 없어. 그런데ー.

린드 부인 그리고 여기 매일 온다면서?

노라 맞아, 내가 그렇게 말했잖아.

린드 부인 그런데 그렇게 양식 있는 사람이 어떻게 그토록이나 눈치가 없을 수 있니?

노라 난 전혀 무슨 말인지 모르겠다.

MRS. LINDE   Don't prevaricate, Nora. Do you suppose I don't guess who lent you the two hundred and fifty pounds?

NORA   Are you out of your senses? How can you think of such a thing! A friend of ours, who comes here everyday! Do you realise what a horribly painful position that would be?

MRS. LINDE   Then it really isn't he?

NORA   No, certainly not. It would never have entered into my head for a moment. Besides, he had no money to lend then; he came into his money afterwards.

MRS. LINDE   Well, I think that was lucky for you, my dear Nora.

NORA   No, it would never have come into my head to ask Doctor RANK. Although I am quite sure that if I had asked him —

MRS. LINDE   But of course you won't.

NORA   Of course not. I have no reason to think it could possibly be necessary. But I am quite sure that if I told Doctor Rank —

MRS. LINDE   Behind your husband's back?

NORA   I must make an end of it with the other one, and that will be behind his back too. I must make an end of it with him.

MRS. LINDE   Yes, that is what I told you yesterday, but —

NORA   (*walking up and down*)
A man can put a thing like that straight much easier than a woman —

MRS. LINDE   One's husband, yes.

| 린드 부인 | 거짓말하지마, 노라. 250파운드를 네게 빌려준 사람이 내가 누군지 모른다고 생각하는 거니? |

린드 부인 거짓말하지마, 노라. 250파운드를 네게 빌려준 사람이 내가 누군지 모른다고 생각하는 거니?

노라 정신 나갔어? 어떻게 그런 일을 생각할 수 있어! 여기 매일같이 들르는 우리 친구한테서! 그게 얼마나 끔찍하고 고통스러운 상황이 될지 모르겠니?

린드 부인 그러면 그 사람이 정말로 아니란 말이야?

노라 그래, 분명히 아니야. 한 순간도 내 머릿속에 그런 생각이 들어온 적이 없어. 게다가 그 때는 빌려줄 돈도 없었지. 나중에 돈을 갖게 된 거야.

린드 부인 그래? 사랑하는 노라, 그렇다면 너에게 잘 된 일이구나.

노라 그래, 랭크 박사에게 물어볼 생각이 내 머릿속에 결코 들어온 적이 없었어. 비록 내가 그분에게 요청했다면 확신컨대―.

린드 부인 물론 너는 하지 않을 테지?

노라 물론이야. 그게 아마 필요할 거라고 생각할 이유가 없어. 그렇지만 만약 내가 랭크 박사에게 이야기했다면 분명히―.

린드 부인 네 남편 등뒤에서?

노라 나는 다른 것으로 그것을 끝장내버려야 해, 그리고 그 일도 또 남편 모르게 말이야. 나는 그 사람과 그 일을 끝장내야 해.

린드 부인 맞아. 그게 내가 어제 너에게 한 얘기였잖아, 그런데―.

노라 (위 아래로 걸으면서)
남자는 여자보다 그와 같은 일을 보다 쉽게 정리할 수 있겠지.

린드 부인 남편이라면, 물론 그렇지.

| NORA | Nonsense! (*Standing still.*) When you pay off[93] a debt you get your bond back, don't you? |

NORA: Nonsense! (*Standing still.*) When you pay off[93] a debt you get your bond back, don't you?

MRS. LINDE: Yes, as a matter of course.

NORA: And can tear it into a hundred thousand pieces, and burn it up—the nasty[94] dirty paper!

MRS. LINDE: (*Looks hard at her, lays down her sewing and gets up slowly.*)
Nora, you are concealing something from me.

NORA: Do I look as if I were?

MRS. LINDE: Something has happened to you since yesterday morning. Nora, what is it?

NORA: (*going nearer to her*)
Christine! (*Listens.*) Hush! there's Torvald come home. Do you mind going in to the children for the present? Torvald can't bear to see dressmaking going on. Let Anne help you.

MRS. LINDE: (*gathering some of the things together*)
Certainly—but I am not going away from here until we have had it out with one another. (*She goes into the room on the left, as HELMER comes in from the hall.*)

NORA: (*going up to HELMER*)
I have wanted you so much, Torvald dear.

HELMER: Was that the dressmaker?

NORA: No, it was Christine; she is helping me to put my dress in order. You will see I shall look quite smart.

---

93) pay off: 전액 갚다, 복수하다, 잘 되어가다, 매수하다.
94) nasty: 불쾌한.

노라　　　말도 안돼! (가만히 서면서) 빚을 갚을 땐, 증서를 돌려 받게 되지,
　　　　 그렇지 않아?

린드 부인　그래, 물론이지.

노라　　　그러면 그 증서를 십만 조각으로 갈갈이 찢어서 태워버릴 수 있
　　　　 어. 그 불쾌하고 더러운 종이조각 말이야!

린드 부인　(그녀를 찬찬히 바라보다가 바느질감을 내려놓고, 천천히 일어선다.)
　　　　 노라, 너 내게 뭔가를 숨기고 있지?

노라　　　내가 뭘 숨기고 있는 것처럼 보이니?

린드 부인　어제 아침 이래로 너에게 무슨 일이 일어났어. 노라, 그게 무슨
　　　　 일이니?

노라　　　(그녀에게 더 가까이 다가가면서)
　　　　 크리스틴! (귀를 기울인다.) 조용히 해! 토발드가 집에 돌아왔어. 지
　　　　 금 애들한테 들어가 있지 않을래? 토발드는 옷 수선하는 것을
　　　　 참을 수 없어 해. 앤이 널 도와줄 거야.

린드 부인　(물건들을 한데 주워 모으면서)
　　　　 좋아ㅡ. 그런데 우리 함께 그 모든 것을 알 때까지 나는 여기서
　　　　 나가지 않는다. (그녀는 왼쪽 방으로 들어간다. 그 때 헬머가 현관에서 들어
　　　　 온다.)

노라　　　(헬머에게 다가가서)
　　　　 사랑하는 토발드, 당신이 너무 보고 싶었어요.

헬머　　　저 사람이 옷 수선하는 사람인가?

노라　　　아니에요, 크리스틴이에요. 제 옷을 수선하는 것을 도와주고 있
　　　　 어요. 제가 아주 멋져 보일 거예요.

HELMER	Wasn't that a happy thought of mine, now?
NORA	Splendid! But don't you think it is nice of me, too, to do as you wish?
HELMER	Nice? — because you do as your husband wishes? Well, well, you little rogue[95], I am sure you did not mean it in that way. But I am not going to disturb[96] you; you will want to be trying on your dress, I expect.
NORA	I suppose you are going to work.
HELMER	Yes. (*Shows her a bundle of papers.*) Look at that. I have just been into the bank. (*Turns to go into his room.*)
NORA	Torvald.
HELMER	Yes.
NORA	If your little squirrel were to ask you for something very, very prettily — ?
HELMER	What then?
NORA	Would you do it?
HELMER	I should like to hear what it is, first.
NORA	Your squirrel would run about and do all her tricks if you would be nice, and do what she wants.
HELMER	Speak plainly.
NORA	Your skylark would chirp about in every room, with her song rising and falling —
HELMER	Well, my skylark does that anyhow.

---

95) rogue: 악당, 장난꾸러기.
96) disturb: 흩뜨리다, 어지럽히다, 방해하다.

헬머   내가 그런 멋진 생각을 해내지 않았소?

노라   훌륭해요! 그렇지만 당신이 원하시는 대로 제가 하는 것도 또
        좋다고 생각하지 않으세요?

헬머   좋다고—? 당신이 남편 원하는 대로 하기 때문에? 자, 자, 이 작
        은 악당같으니, 당신이 그런 뜻으로 말한 건 아닐 거라고 확신
        하오. 내가 방해하지 않겠소. 당신, 옷을 입어보고 싶겠지.

노라   일을 하시게요?

헬머   그래. (한 뭉치의 서류를 보여준다.) 이걸 봐! 은행에 잠깐 들렸어. (자
        기 방으로 들어가기 위해서 몸을 돌린다)

노라   토발드.

헬머   왜?

노라   만약 당신의 작은 다람쥐가 아주, 아주 예쁘게 뭔가를 요청한다
        면요—?

헬머   그게 뭔데?

노라   그 일을 하시겠어요?

헬머   먼저, 그게 무엇인지 듣고 싶소.

노라   당신의 다람쥐는 당신이 친절하게 그녀가 원하는 것을 해준다
        면, 뛰어다니고 온갖 재주를 다 부리겠어요.

헬머   쉽게 말해보시오.

노라   당신의 종달새는 모든 방에서 지저귀고 다닐 거예요. 노래하면
        서 솟구쳐 오르거나 내려오며—.

헬머   내 종달새는 어쨌든 그렇게 하는데?

NORA I would play the fairy and dance for you in the moonlight, Torvald.

HELMER Nora—you surely don't mean that request you made to me this morning?

NORA *(going near him)*

Yes, Torvald, I beg you so earnestly—

HELMER Have you really the courage to open up that question again?

NORA Yes, dear, you must do as I ask; you must let Krogstad keep his post in the bank.

HELMER My dear Nora, it is his post that I have arranged Mrs. Linde shall have.

NORA Yes, you have been awfully kind about that; but you could just as well dismiss some other clerk instead of Krogstad.

HELMER This is simply incredible[97] obstinacy[98]! Because you chose to give him a thoughtless promise that you would speak for him, I am expected to—

NORA That isn't the reason, Torvald. It is for your own sake. This fellow writes in the most scurrilous[99] newspapers; you have told me so yourself. He can do you an unspeakable amount of harm. I am frightened[100] to death of him—

---

97) incredible: 믿을 수 없는, 놀라운.
98) obstinacy: 완고함, 고집 셈.
99) scurrilous: 품위 없는, 입이 더러운, 독설의.
100) frighten: 놀라게 하다, 위협하여 시키다.

노라　제가 요정이 되어 달빛 속에서 당신을 위해 춤을 추겠어요, 토
　　　발드.

헬머　노라ー. 당신 오늘 아침 이야기했던 그 요청을 의미하는 건 아
　　　니겠지?

노라　(그에게 가까이 다가가면서)

　　　맞아요, 토발드. 정말 진지하게 간청드려요ー.

헬머　당신 그 질문을 다시 꺼낼 용기라도 있는 거요?

노라　그래요, 여보, 제가 요청하는 대로 해주셔야 해요. 크로그스타
　　　드가 은행에서 자기 자리를 지키도록 해 주세요.

헬머　사랑하는 노라, 내가 그 자리를 린드 부인이 차지하도록 조치했
　　　다오.

노라　그래요, 정말, 그 점은 친절하셔요. 그렇지만 크로그스타드 대
　　　신 다른 서기를 해고하실 수도 있잖아요.

헬머　이건 순전히 믿을 수 없는 고집불통이구만! 당신이 별 생각없이
　　　그를 위해서 변호해주겠다고 한 약속 때문에 내가 그 요청을ー.

노라　그 이유 때문이 아니에요, 토발드. 이건 당신을 위해서예요. 그
　　　사람은 가장 야비한 신문들에 기고하잖아요. 당신이 직접 저에
　　　게 그렇게 얘기하셨어요. 그는 당신에게 말할 수 없을 만큼의
　　　해를 끼칠 수 있어요. 저는 그가 무서워 죽겠어요.

HELMER Ah, I understand; it is recollections of the past that scare you.

NORA What do you mean?

HELMER Naturally you are thinking of your father.

NORA Yes—yes, of course. Just recall to your mind what these malicious creatures wrote in the papers about papa, and how horribly they slandered[101] him. I believe they would have procured his dismissal[102] if the Department had not sent you over to inquire into[103] it, and if you had not been so kindly disposed[104] and helpful to him.

HELMER My little Nora, there is an important difference between your father and me. Your father's reputation as a public official was not above suspicion. Mine is, and I hope it will continue to be so, as long as I hold my office.

NORA You never can tell what mischief these men may contrive [105]. We ought to be so well off, so snug and happy here in our peaceful home, and have no cares—you and I and the children, Torvald! That is why I beg you so earnestly—

HELMER And it is just by interceding for him that you make it impossible for me to keep him. It is already known at the Bank that I mean to dismiss Krogstad. Is it to get about

---

101) slander: 중상하다, 비방하다.
102) dismiss: 해산시키다, 해방하다, 떠나게 하다.
103) inquire into: 조사하다.
104) dispose: 배열하다, 처리하다, 마음이 내키게 하다.
105) contrive: 연구하다, 계획하다.

헬머　아, 무슨 말인지 알겠소. 과거에 대한 기억이 당신을 두렵게 하고 있는 거로군.

노라　무슨 말씀이세요?

헬머　물론 당신은 아버지를 생각하고 있잖소.

노라　예―. 그래, 맞아요. 이 사악한 사람들이 아빠에 대해서 신문에 무슨 말을 썼는지 마음속에 회상해 보세요. 그리고 얼마나 끔찍하게 아빠를 중상모략 했는지도 말이에요―. 만약 해당부처에서 그 사건을 조사하도록 당신을 파견하지 않았다면, 그리고 당신이 그렇게 친절한 마음으로 도움을 주지 않았다면 그들은 아빠에 대한 해고장을 확보했었을 거예요.

헬머　내 작은 노라. 당신 아버지와 나 사이에는 중요한 차이점이 있다오. 공공 관리로서의 당신 아버지의 명성은 의심받을 수 없는 것은 아니었소. 나의 명성은, 앞으로도 계속 그러길 바라지만, 내가 직책을 수행하는 동안 깨끗하오.

노라　이 사람들이 어떤 해악을 만들어 낼지는 결코 알 수 없어요. 우리는 우리의 평화스러운 가정에서 행복하고 안락하게, 걱정도 없는 유복한 삶을 즐겨야 해요. 당신과 나와 아이들 말이에요, 토발드! 제가 당신에게 그토록 진지하게 요청하는 이유도 그것 때문이에요―.

헬머　당신이 그 친구를 위해서 중재하기 때문에 내가 더욱 그를 데리고 있는 것이 불가능해지고 있소. 은행에서는 내가 크로그스타드를 해고하려 한다는 것이 이미 다 알려져 있소. 이제 새 은행

now that the new manager has changed his mind at his wife's bidding—

NORA And what if it did?

HELMER Of course!—if only this obstinate little person can get her way! Do you suppose I am going to make myself ridiculous 106) before my whole staff, to let people think that I am a man to be swayed by all sorts of outside influence? I should very soon feel the consequences of it, I can tell you! And besides, there is one thing that makes it quite impossible for me to have Krogstad in the Bank as long as I am manager.

NORA Whatever is that?

HELMER His moral failings I might perhaps have overlooked, if necessary—

NORA Yes, you could—couldn't you?

HELMER And I hear he is a good worker, too. But I knew him when we were boys. It was one of those rash friendships that so often prove an incubus in afterlife. I may as well tell you plainly, we were once on very intimate terms with one another. But this tactless fellow lays no restraint107) on himself when other people are present. On the contrary, he thinks it gives him the right to adopt a familiar tone with me, and every minute it is "I say, Helmer, old fellow!" and

---

106) ridiculous: 우스운, 어리석은.
107) restraint: 억제, 제한, 방해가 되는 것.

장이 아내의 요청에 의해서 마음을 바꾸었다는 소리가 나돌아야 되겠소?

노라 그렇다한들 무슨 상관이에요?

헬머 물론이지―! 만약 이 고집불통의 작은 사람이 자기 뜻대로만 할 수 있다면 말이야! 당신은 내가 내 직원들 앞에서 우스꽝스러운 사람이 되라고 하는 거요, 내가 온갖 종류의 외부적인 영향력에 의해서 흔들리는 사람이라고 사람들이 생각하게 하면서 말이오? 내 장담하건대, 그 일의 후유증을 금세 느끼게 될 것이오. 게다가, 내가 은행장으로 있는 한 크로그스타드를 은행에 둘 수 없는 또 하나의 이유가 있소.

노라 그게 도대체 뭐지요?

헬머 그의 도덕적인 실패는 만약 필요하다면―내가 아마 간과할 수도 있을 것이오.

노라 그래요, 당신은 그럴 수 있어요, 그렇지 않아요?

헬머 내가 듣기로 그는 또한 일을 잘한다 하오. 그런데 난 그를 소년 시절 때부터 알고 있었소. 이런 경솔한 우정은 흔히 추후의 삶에 있어서 악몽 같은 것이 되고 만다오. 내가 당신에게 알기 쉽게 말하면, 우린 한 때 서로 아주 친한 관계에 있었소. 그런데 이 눈치 없는 친구는 다른 사람이 있을 때도 자신을 제어하지 않는단 말이오. 정반대로, 그는 그 일이 마치 내게 친근한 어조로 말할 권리라도 준 양 생각하고 있다오. 매번 "있잖아, 헬머,

that sort of thing. I assure you it is extremely painful for me. He would make my position in the Bank intolerable.

NORA　Torvald, I don't believe you mean that.

HELMER　Don't you? Why not?

NORA　Because it is such a narrow-minded way of looking at things.

HELMER　What are you saying? Narrow-minded? Do you think I am narrow-minded?

NORA　No, just the opposite, dear—and it is exactly for that reason.

HELMER　It's the same thing. You say my point of view is narrow-minded, so I must be so too. Narrow-minded! Very well—I must put an end to[108] this. (*Goes to the hall door and calls.*) Helen!

NORA　What are you going to do?

HELMER　(*looking among his papers*)
Settle it. (*Enter MAID.*) Look here; take this letter and go downstairs with it at once. Find a messenger and tell him to deliver it, and be quick. The address is on it, and here is the money.

MAID　Very well, sir. (*Exit with the letter.*)

HELMER　(*putting his papers together*)
Now then, little Miss Obstinate.

NORA　(*breathlessly*)

---

108) put an end to: 끝내다, 그만두게 하다.

옛 친구야!", 그런 식이야. 그건 정말 나에게 극도로 고통스러운 일이오. 그는 은행에서의 내 지위를 참을 수 없을 만큼 구겨버릴 거요.

노라 토발드. 그 말씀이 진심이라고 믿지는 않겠어요.

헬머 믿지 않는다고? 왜?

노라 왜냐하면 그건 일을 속 좁게 처리하는 방식이기 때문이에요.

헬머 당신 무슨 소리하는 거요? 속이 좁다고? 내가 속이 좁다고 생각하오?

노라 아니에요, 정 반대예요, 여보 — 그리고 바로 그렇기 때문에 제가 말씀드리는 거예요.

헬머 같은 말이요. 당신은 내 생각이 속 좁은 것이라고 하니, 나도 그렇게 할 수밖에. 속이 좁다고! 좋아 — . 이 일을 끝장 내버리겠소. (거실문으로 가서 소리친다.) 헬렌!

노라 어쩌시려고요?

헬머 (서류를 뒤적이며)
끝을 내야겠어. (하녀가 들어온다.) 자 여기, 이 편지를 가지고 즉시 아래층으로 내려가서 배달부를 찾아 편지를 배달하라고 말하게, 빨리. 주소는 그 위에 쓰여져 있어, 그리고 여기 돈이 있네.

하녀 알겠습니다, 주인님. (편지를 가지고 퇴장한다.)

헬머 (서류를 다시 모은다.)
자 이제, 작은 고집불통 양.

노라 (숨을 몰아쉬며)

Torvald—what was that letter?

HELMER   Krogstad's dismissal.

NORA   Call her back, Torvald! There is still time. Oh Torvald, call her back! Do it for my sake—for your own sake—for the children's sake! Do you hear me, Torvald? Call her back! You don't know what that letter can bring upon us.

HELMER   It's too late.

NORA   Yes, it's too late.

HELMER   My dear Nora, I can forgive the anxiety you are in, although really it is an insult to me. It is, indeed. Isn't it an insult to think that I should be afraid of a starving quill-driver's[109] vengeance[110]? But I forgive you nevertheless, because it is such eloquent[111] witness to your great love for me. (*Takes her in his arms.*) And that is as it should be, my own darling Nora. Come what will, you may be sure I shall have both courage and strength if they be needed. You will see I am man enough to take everything upon myself.

NORA   (*in a horror-stricken voice.*)
You will never have to do that.
What do you mean by that?

HELMER   Everything, I say—

NORA   (*recovering herself*)
You will never have to do that.

---

109) quill-driver: 펜을 많이 움직이는 사람, 작가. quill(깃털.)
110) vengeance: 복수. with a vengeance(강하게, 격렬하게.)
111) eloquent: 말을 잘 하는, 마음을 움직이는.

토발드ㅡ. 그 편지는 뭐였죠?

헬머   크로그스타드의 해고통지서요.

노라   그녀를 다시 부르세요, 토발드! 아직 시간이 있어요. 오 토발드, 다시 그녀를 불러요! 절 위해서 그래주세요ㅡ. 당신 자신을 위해서도요ㅡ. 아이들을 위해서라도요! 제 말 들리세요, 토발드? 다시 그녀를 부르세요! 그 편지가 우리에게 무슨 일을 불러일으킬지 당신은 몰라요!

헬머   너무 늦었소.

노라   그래요, 너무 늦었어요.

헬머   내 사랑하는 노라, 당신을 사로잡은 그 근심을 내가 용서하겠소, 비록 그것은 사실 나에 대한 모욕이지만 말이오. 정말 그렇소. 내가 굶주리고 있는 하급 서기의 복수를 두려워해야 한다고 생각하는 것은 모욕이 아니겠소? 그럼에도 불구하고 난 당신을 용서하겠소, 왜냐하면 그것은 나에 대한 당신의 커다란 사랑의 웅변적인 증거이기 때문에 그렇소. (팔로 그녀를 안는다.) 그 일은 마땅히 그렇게 처리해야만 하오, 내 사랑하는 노라. 무슨 일이 닥친다 해도, 만약 필요하다면 내가 힘과 용기를 낼 거라고 당신은 확신해도 좋소. 나는 모든 것을 책임지는 남자라는 사실을 당신은 알게 될 거요.

노라   (공포에 질린 목소리로)
그게 무슨 말씀이세요?

헬머   모든 것, 내가 말하는ㅡ.

노라   (정신을 차리며)
당신은 결코 그런 일을 하실 필요가 없을 거예요.

HELMER   That's right. Well, we will share it, Nora, as man and wife should. That is how it shall be. (*Caressing her.*) Are you content now? There! There! — not these frightened dove's eyes! The whole thing is only the wildest[112] fancy! — Now, you must go and play through the Tarantella and practise with your tambourine. I shall go into the inner office and shut the door, and I shall hear nothing; you can make as much noise as you please. (*Turns back at the door.*) And when Rank comes, tell him where he will find me. (*Nods to her, takes his papers and goes into his room, and shuts the door after him.*)

NORA   (*bewildered with anxiety, stands as if rooted to the spot, and whispers.*) He was capable of doing it. He will do it. He will do it in spite of everything. — No, not that! Never, never! Anything rather than that! Oh, for some help, some way out of it! (*The door-bell rings.*) Doctor Rank! Anything rather than that — anything, whatever it is!

(*She puts her hands over her face, pulls herself together, goes to the door and opens it. RANK is standing without, hanging up his coat. During the following dialogue it begins to grow dark.*)

NORA   Good day, Doctor Rank. I knew your ring. But you mustn't go in to Torvald now; I think he is busy with something.

RANK   And you?

NORA   (*brings him in and shuts the door after him*) Oh, you know very well I always have time for you.

---

112) wildest: 얼토당토 않는.

헬머	맞소. 그러면, 우리는 그 일을 함께 할거요, 노라, 남편과 아내가 의당 그래야 하는 것처럼 말이요. 바로 그렇게 될 것이오. (그녀를 쓰다듬으며) 이제 만족하오? 자! 자! 이런 겁먹은 비둘기의 눈동자는 하지 마시오! 이 모든 것은 단지 얼토당토 않는 몽상이오! 자, 당신은 이제 들어가서 타란텔라를 추고 템버린을 연습하시오. 나는 내실로 들어가서 문을 닫고, 아무것도 듣지 않을 거요. 당신은 원하는 만큼 소란을 피워도 괜찮소. (문에서 뒤돌아선다.) 랭크가 오면 내가 어디 있는지 알려주시오. (그녀에게 머리를 끄덕이며 서류를 집어 들고 자기 방으로 들어간 후 문을 닫는다.)

노라 (걱정으로 당혹스러워하며 마치 그 자리에 뿌리내린 듯 서 있다가, 속삭인다.)
그는 그 일을 할 수 있었어. 그는 그 일을 할 거야. 이 모든 것에도 불구하고 그는 그 일을 하고 말 거야―. 안돼. 그것만은 안돼! 결코! 결코! 다른 모든 것은 몰라도 그것만은! 오, 무슨 도움을 받을 수 있으면 좋으련만, 빠져나갈 수 있는 방법이 있을까!

(현관 벨이 울린다.) 랭크 박사님! 그것말고는 아무것이라도 괜찮아, 그게 무엇이든지 간에, 아무것이라도!

(그녀는 얼굴에 손을 대고, 문으로 다가가서 문을 연다. 랭크가 외투를 걸면서 밖에 서 있다. 다음 대화가 진행되는 동안 날이 어두워진다.)

노라 안녕하세요, 랭크 박사님. 당신의 벨소리인지 알았어요. 그런데 지금 토발드에게 가시면 안 돼요. 무슨 일로 바쁜가 봐요.

랭크 당신도?

노라 (그를 들어오게 하고 문을 닫는다.)
오, 전 당신이라면 항상 시간이 있다는 것을 잘 아시잖아요.

RANK   Thank you. I shall make use of as much of it as I can.

NORA   What do you mean by that? As much of it as you can?

RANK   Well, does that alarm you?

NORA   It was such a strange way of putting it. Is anything likely to happen?

RANK   Nothing but what I have long been prepared for. But I certainly didn't expect it to happen so soon.

NORA   (*gripping him by the arm*)
What have you found out? Doctor RANK, you must tell me.

RANK   (*sitting down by the stove*) It is all up with me. And it can't be helped.

NORA   (*with a sigh of relief*)
Is it about yourself?

RANK   Who else? It is no use lying to one's self. I am the most wretched of all my patients, Mrs. Helmer. Lately I have been taking stock of my internal economy. Bankrupt! Probably within a month I shall lie rotting in the churchyard.

NORA   What an ugly thing to say!

RANK   The thing itself is cursedly[113] ugly, and the worst of it is that I shall have to face so much more that is ugly before that. I shall only make one more examination of myself; when I have done that, I shall know pretty certainly when

---

113) cursedly: 가증하게도.

랭크   고맙소. 내가 할 수 있는 한 그것을 최대한 많이 이용해야 되겠
       소.

노라   그건 무슨 말씀이세요? 할 수 있는 한 최대한 많이라뇨?

랭크   왜, 그 말에 놀랐소?

노라   그 말씀을 이상하게 하시니 말예요. 무슨 일이 일어날 건가요?

랭크   단지 내가 오랫동안 준비해 온 것에 불과하오. 그런데 나는 그
       일이 그토록 빨리 일어날 거라고 기대하지는 않았소.

노라   (그의 팔을 붙들면서)
       뭘 알아내셨죠? 랭크 박사님, 저에게 말씀해 주세요.

랭크   (난롯가에 앉으면서) 그건 모두 나에 관한 일이요. 그리고 그건 어쩔
       수 없소.

노라   (안도의 한숨을 내쉬며)
       그게 당신에 관한 것이라구요?

랭크   그럼 누구 다른 사람이겠소? 자기 자신에게 거짓말을 해도 소용
       없다오. 나는 내 환자들 중에서 가장 비참한 사람이라오, 헬머
       부인. 최근에 내 내부 경제의 재고에 대해 조사해 보았소. 파산
       상태요! 아마 한 달 안에 교회 무덤에 누워서 썩어가고 있을 거
       요.

노라   왜 그렇게 듣기 싫은 말씀을 하세요!

랭크   그 일 자체는 저주받으리만큼 불쾌한 것입니다. 그런데 가장 나
       쁜 일은 제가 그 일 전에 훨씬 더 많은 불쾌한 일에 직면해야
       한다는 겁니다. 나는 한 번 더 내 자신을 검사해 보고자 합니다.

it will be that the horrors of dissolution[114] will begin. There is something I want to tell you. Helmer's refined nature gives him an unconquerable disgust at everything that is ugly; I won't have him in my sick-room.

NORA   Oh, but, Doctor Rank —

RANK   I won't have him there. Not on any account. I bar my door to him. As soon as I am quite certain that the worst has come, I shall send you my card with a black cross on it, and then you will know that the loathsome end has begun.

NORA   You are quite absurd today. And I wanted you so much to be in a really good humor.

RANK   With death stalking beside me? — To have to pay this penalty for another man's sin? Is there any justice in that? And in every single family, in one way or another, some such inexorable[115] retribution is being exacted —

NORA   (putting her hands over her ears)
            Rubbish! Do talk of something cheerful.

RANK   Oh, it's a mere laughing matter, the whole thing. My poor innocent spine has to suffer for my father's youthful amusements.

NORA   (sitting at the table on the left)
            I suppose you mean that he was too partial to asparagus and pate de foie gras[116], don't you?

---

114) dissolution: 부패.
115) inexorable: 가혹한.
116) pate de foie gras: 거위 간 요리.

그것을 하고 나면, 나는 아마 분명히 부패의 공포가 언제 시작
될지 알 수 있게 될 겁니다. 제가 당신에게 하고 싶은 말이 있
습니다. 헬머의 정갈한 본성은 불쾌한 모든 것에 대해서 억제할
수 없는 혐오감을 갖는 답니다. 내 병실에 그를 들이지는 않겠
소.

노라 오, 그런데, 랭크 박사님―.

랭크 나는 그곳에 그를 들이지 않겠습니다. 무슨 일이 있어도 절대
로. 그는 사절입니다. 최악의 상황이 온 것이라고 확신하면, 검
정십자가가 그려진 카드를 당신에게 보낼 겁니다. 그러면 이 끔
찍한 종말이 시작됐다고 하는 것을 당신은 알게 될 겁니다.

노라 오늘 당신은 진짜 터무니없으세요. 전 당신이 정말로 좋은 기분
으로 계시기를 그토록 원했어요.

랭크 죽음이 내 옆에서 걸어 다니는데도 말이요? 다른 사람의 죄에
대한 대가를 지불해야 하는데도? 거기에 무슨 정의가 있단 말입
니까? 이런 저런 경로로, 가족 모두가 그토록 참을 수 없는 보
복을 가혹하게 당하고 있다오.

노라 (귀에 손을 대면서)
무슨 쓸데없는 말씀이세요! 다른 즐거운 것을 얘기해 주세요.

랭크 오, 이 모든 것은 단지 우스꽝스러운 일이지요. 나의 불쌍한 죄
없는 척추는 내 아버지의 젊은 시절의 쾌락 때문에 고통 받아야
하지요.

노라 (왼쪽 탁자에 앉으면서)
제 생각에 그 분이 아스파라거스와 거위 간 요리를 너무 좋아하
셨다는 말씀이시죠, 그렇지 않아요?

RANK   Yes, and to truffles[117].

NORA   Truffles, yes. And oysters too, I suppose?

RANK   Oysters, of course, that goes without saying.

NORA   And heaps of port[118] and champagne. It is sad that all
         these nice things should take their revenge on our bones.

RANK   Especially that they should revenge[119] themselves on the
         unlucky bones of those who have not had the satisfaction
         of enjoying them.

NORA   Yes, that's the saddest part of it all.

RANK   (*with a searching look at her*) Hm! —

NORA   (*after a short pause*)
         Why did you smile?

RANK   No, it was you that laughed.

NORA   No, it was you that smiled, Doctor Rank!

RANK   (*rising*) You are a greater rascal[120] than I thought.

NORA   I am in a silly mood today.

RANK   So it seems.

NORA   (*putting her hands on his shoulders*)
         Dear, dear Doctor Rank, death mustn't take you away
         from Torvald and me.

RANK   It is a loss you would easily recover from. Those who are
         gone are soon forgotten.

---

117) truffle: 송로버섯의 일종, 초콜릿 과자.
118) port: 포도주(포르투갈 원산의 적포도주)
119) revenge: 복수, 복수하다.
120) rascal: 악한, 악당.

랭크   맞아요. 그리고 트뤼플도 좋아했죠.

노라   그래요, 트뤼플이요. 그리고 굴도, 또한 좋아하셨죠.

랭크   굴은, 물론이죠, 말할 필요도 없어요.

노라   무더기로 쌓여있던 포도주와 샴페인도 말이죠. 이 모든 맛있는
        것들이 우리 뼈에 복수를 한다는 것은 슬픈 일이에요.

랭크   특별히 그 음식들을 만족스럽게 즐기지도 못한 불행한 뼈에 복
        수를 하는 것은 더 더욱 그렇죠.

노라   맞아요, 그게 가장 슬픈 부분이에요.

랭크   (뭔가 찾듯이 그녀를 쳐다보면서) 흠! —

노라   (잠깐 멈추었다가)
        왜 미소를 띄우시죠?

랭크   아니요, 웃은 건 바로 당신이었소.

노라   아니에요, 웃은 건 당신이잖아요, 랭크 박사님!

랭크   (일어서면서)
        당신은 내가 생각했던 것보다 더 심한 말괄량이군요.

노라   전 오늘 기분이 울적해요.

랭크   그래 보입니다.

노라   (그의 어깨에 그녀의 손을 놓으면서)
        사랑하는, 사랑하는 랭크 박사님, 죽음이 토발드와 저에게서 당
        신을 멀리 데려가선 안돼요.

랭크   그 손실을 당신은 쉽게 회복할 수 있을 거요. 가 버린 사람들은
        쉽게 잊혀지는 법이라오.

NORA   (*looking at him anxiously*)

Do you believe that?

RANK   People form new ties, and then—

NORA   Who will form new ties?

RANK   Both you and Helmer, when I am gone. You yourself are already on the high road to it, I think. What did that Mrs. Linde want here last night?

NORA   Oho!—you don't mean to say you are jealous of poor Christine?

RANK   Yes, I am. She will be my successor in this house. When I am done for, this woman will—

NORA   Hush! don't speak so loud. She is in that room.

RANK   Today again. There, you see.

NORA   She has only come to sew my dress for me. Bless my soul [121], how unreasonable you are! (*Sits down on the sofa.*) Be nice now, Doctor Rank, and tomorrow you will see how beautifully I shall dance, and you can imagine I am doing it all for you—and for Torvald too, of course. (*Takes various things out of the box.*) Doctor Rank, come and sit down here, and I will show you something.

RANK   (*sitting down*)

What is it?

NORA   Just look at those!

RANK   Silk stockings.

---

121) Bless my soul: 원 저런, 이런, 아차, 아이구.

노라   (걱정스럽게 그를 바라보면서)

그 이야기를 믿으세요?

랭크   사람들은 새로운 관계를 형성하지요, 그 후엔―.

노라   누가 새로운 관계를 형성한다고요?

랭크   내가 죽은 뒤 당신과 헬머 말이요. 내 생각건대, 당신 자신은 이미 관계를 맺는 대로상에 나와 있소. 린드 부인은 어제 밤 왜 여기 있었던 거요?

노라   오호―! 당신이 불쌍한 크리스틴을 질투한다고 말씀하시는 건 아니죠?

랭크   그래, 그렇소. 그녀가 이 집에서 나의 후계자가 될 것이오. 내가 끝장나면, 이 여자가―.

노라   쉿! 그렇게 크게 이야기하지 마세요. 그녀가 저 방에 있어요.

랭크   오늘 또. 거, 보세요.

노라   그녀는 내 옷을 수선해 주러 왔어요. 원 참, 터무니없으시군요! (소파에 앉는다.) 랭크 박사님, 이제 마음 푸세요, 내일 제가 얼마나 아름답게 춤을 추는지 보시게 될 거예요. 그리고 제가 당신을 위해서 그 모든 춤을 춘다고 생각하셔도 돼요, 그리고 물론 토발드를 위해서이기도 하지만요. (상자에서 여러 가지 물건을 꺼낸다.) 랭크 박사님, 여기 오셔서 앉으세요. 제가 뭘 보여드리겠어요.

랭크   (앉으면서)

그것이 뭡니까?

노라   그냥 이것들을 보세요!

랭크   비단 스타킹이잖소.

NORA	Flesh-coloured. Aren't they lovely? It is so dark here now, but tomorrow—. No, no, no! you must only look at the feet. Oh well, you may have leave to look at the legs too.
RANK	Hm!—
NORA	Why are you looking so critical? Don't you think they will fit me?
RANK	I have no means of forming an opinion about that.
NORA	(*looks at him for a moment*) For shame! (*Hits him lightly on the ear with the stockings.*) That's to punish you. (*Folds them up again.*)
RANK	And what other nice things am I to be allowed to see?
NORA	Not a single thing more, for being so naughty. (*She looks among the things, humming to herself.*)
RANK	(*after a short silence*) When I am sitting here, talking to you as intimately as this, I cannot imagine for a moment what would have become of me if I had never come into this house.
NORA	(*smiling*) I believe you do feel thoroughly at home with us.
RANK	(*in a lower voice, looking straight in front of him*) And to be obliged to[122] leave it all—
NORA	Nonsense, you are not going to leave it.
RANK	(*as before*) And not be able to leave behind one the slightest token of one's gratitude, scarcely even a fleeting regret—

---

122) be obliged to: 고맙게 여기게 하다, 억지로 시키다.

노라   살색이지요. 예쁘지 않아요? 지금 여기가 이렇게 까맣지만, 내
       일은―아니, 아니, 아니! 그냥 발만 쳐다보세요. 좋아요, 다리를
       쳐다봐도 괜찮아요.

랭크   흠!―

노라   왜 그렇게 찬찬히 바라보시는 거예요? 이것들이 저한테 맞을 거
       라고 생각하지 않으세요?

랭크   그 점에 대해서 의견을 가질 방법이 없소.

노라   (잠깐 동안 그를 바라본다.)
       창피한 줄 아세요! (스타킹으로 그의 귀를 가볍게 때린다) 이건 벌주는
       거예요. (다시 스타킹을 접는다.)

랭크   어떤 다른 멋진 것을 내가 또 볼 수 있나요?

노라   그렇게 짓궂으셨으니, 단 한 개도 더는 안돼요. (그녀는 물건들을 살
       핀다, 혼자 콧노래를 부르면서)

랭크   (짧은 침묵 후에) 여기 앉아서, 이처럼 친근하게 당신에게 이야기하
       고 있을 땐, 내가 이 집에 혹 오지 않았더라면 나는 어떻게 되
       었을지 한 순간도 상상할 수가 없다오.

노라   (미소지으며)
       저도 당신이 우리를 완전히 편하게 느끼신다고 믿어요.

랭크   (낮은 목소리로, 자기 앞을 똑바로 쳐다보면서)
       그런데 이 모든 것을 두고 떠나야만 한다니.

노라   쓸데없는 소리예요. 떠나시지 않을 거예요.

랭크   (이전처럼) 그리고 감사하는 마음의 가장 작은 증표 하나라도 뒤
       에 남길 수가 없다니, 심지어는 스쳐 지나가는 후회의 감정이라

nothing but an empty place which the first comer can fill as well as any other.

NORA   And if I asked you now for a—? No!

RANK   For what?

NORA   For a big proof of your friendship—

RANK   Yes, yes!

NORA   I mean a tremendously big favour—

RANK   Would you really make me so happy for once?

NORA   Ah, but you don't know what it is yet.

RANK   No—but tell me.

NORA   I really can't, Doctor Rank. It is something out of all reason; it means advice, and help, and a favour—

RANK   The bigger a thing it is the better. I can't conceive[123] what it is you mean. Do tell me. Haven't I your confidence?

NORA   More than anyone else. I know you are my truest and best friend, and so I will tell you what it is. Well, Doctor Rank, it is something you must help me to prevent. You know how devotedly, how inexpressibly deeply Torvald loves me; he would never for a moment hesitate to give his life for me.

---

123) conceive: 마음에 품다, 상상하다, 이해하다.

도 말이오－. 단지 텅 빈자리만 남아 아무라도 처음 들어오는 사람이 채워버리고 말겠지.

노라 혹시 제가 당신에게 지금 어떤 것을 요청드린다면－? 아니에요!

랭크 뭘 말입니까?

노라 당신 우정의 큰 증거로－.

랭크 그래요, 그래!

노라 엄청나게 큰 은혜를－.

랭크 단 한번이라도 날 그렇게 행복하게 만들어주시겠습니까?

노라 아, 그렇지만 그것이 무엇인지 아직 모르시잖아요.

랭크 맞소, 그렇지만 얘기해주시오.

노라 전 정말 말할 수 없어요, 랭크 박사님. 그건 사리를 벗어나는 어떤 것이에요. 충고와 도움과 은혜를 의미한답니다.

랭크 그 일이 크면 클수록 더 좋소. 당신이 의미하는 것이 무엇인지 알 수가 없구려. 나에게 말해주시오. 당신이 날 믿지 못하는 거요?

노라 다른 어떤 사람보다도 더 믿어요. 당신은 저에게 가장 진실되고 가장 훌륭한 친구예요. 그래서 제가 그것이 무엇인지 말씀드리겠어요. 랭크 박사님, 당신이 저로 하여금 그것을 못하게 도와주셔야만 하는 어떤 것이에요. 당신은 얼마나 헌신적으로, 얼마나 표현할 수 없을 만큼 깊이 토발드가 저를 사랑하는지를 아시죠? 그는 결코 한 순간도 저를 위해서 목숨을 내버리는 것을 주저하지 않을 거예요.

RANK   (*leaning towards her*)

Nora—do you think he is the only one—?

NORA   (*with a slight start*)

The only one—?

RANK   The only one who would gladly give his life for your sake.

NORA   (*sadly*)

Is that it?

RANK   I was determined you should know it before I went away, and there will never be a better opportunity than this. Now you know it, Nora. And now you know, too, that you can trust me as you would trust no one else.

NORA   (*rises, deliberately[124] and quietly*)

Let me pass.

RANK   (*makes room for her to pass him, but sits still*)

Nora!

NORA   (*at the hall door*)

Helen, bring in the lamp. (*Goes over to the stove.*) Dear Doctor Rank, that was really horrid of you.

RANK   To have loved you as much as anyone else does? Was that horrid?

NORA   No, but to go and tell me so. There was really no need—

RANK   What do you mean? Did you know—? (*MAID enters with lamp, puts it down on the table, and goes out.*) Nora—Mrs. Helmer—tell me, had you any idea of this?

---

124) deliberately: 심사숙고하여, 느리게, 완만하게.

랭크 (그녀에게 몸을 기울이며)

노라ㅡ. 단지 그 사람뿐일 것이라고 생각하오ㅡ?

노라 (약간 놀라서)

그 사람뿐이라니요ㅡ?

랭크 기꺼이 당신을 위해서 목숨을 바칠 유일한 사람 말이오.

노라 (슬프게)

그 말씀이신가요?

랭크 나는 내가 죽기 전에 당신이 그 사실을 알게 되기를 바랐소. 이
번보다 더 좋은 기회는 없을 것이오. 이제 당신은 그것을 알게
되었소, 노라. 그리고 이제 당신이 어떤 다른 사람은 신뢰하지
않는다 해도 나를 신뢰할 수 있다는 사실을 알게 되었소.

노라 (찬찬히 조용하게 일어선다)

지나가겠어요.

랭크 (그녀가 옆으로 지나가도록 공간을 만든다, 그렇지만 여전히 앉아 있다.)

노라!

노라 (거실 문에서)

헬렌, 램프를 가져와. (난로에 다가간다.) 친애하는 랭크 박사님, 그
건 정말 끔찍한 일이었어요.

랭크 다른 사람이 사랑하는 것만큼 당신을 사랑했다는 것이? 그게 끔
찍한 거요?

노라 아니에요, 그렇지만 저에게 와서 그렇게 말씀하시는 건 그래요.
정말 그럴 필요가 없었어요ㅡ.

랭크 무슨 말이오? 당신은 알고 있었소ㅡ? (하녀가 램프를 들고 들어와서,
탁자 위에 놓고, 나간다) 노라ㅡ헬머 부인ㅡ말해주오, 이 점을 알고
있었소?

NORA   Oh, how do I know whether I had or whether I hadn't? I really can't tell you—To think you could be so clumsy, Doctor Rank! We were getting on so nicely.

RANK   Well, at all events you know now that you can command me, body and soul. So won't you speak out?

NORA   (*looking at him*)

After what happened?

RANK   I beg you to let me know what it is.

NORA   I can't tell you anything now.

RANK   Yes, yes. You mustn't punish me in that way. Let me have permission to do for you whatever a man may do.

NORA   You can do nothing for me now. Besides, I really don't need any help at all. You will find that the whole thing is merely fancy on my part. It really is so—of course it is! (*Sits down in the rocking-chair, and looks at him with a smile.*) You are a nice sort of man, Doctor Rank!—don't you feel ashamed of yourself, now the lamp has come?

RANK   Not a bit. But perhaps I had better go—for ever?

NORA   No, indeed, you shall not. Of course you must come here just as before. You know very well Torvald can't do without you.

RANK   Yes, but you?

NORA   Oh, I am always tremendously pleased when you come.

노라   오, 제가 알았는지 몰랐는지 어떻게 알겠어요. 정말 말할 수 없어요ㅡ. 랭크 박사님, 그렇게 서투르시다니요! 우린 이렇게 잘 지내오고 있었는데.

랭크   그래요, 어쨌든 이제 당신은 나의 몸과 영혼을 모두 지배할 수 있다는 것을 알게 되었소. 그러니 이야기해보지 않겠소?

노라   (그를 바라보면서)
이런 일이 일어난 다음예요?

랭크   그게 무슨 일인지 내게 제발 말해 주시오.

노라   이제는 아무 것도 말씀드릴 수 없어요.

랭크   그래요, 그래. 당신은 저를 그런 식으로 처벌해서는 안됩니다. 남자가 할 수 있는 일이라면 무엇이든지 당신을 위해서 할 수 있도록 허락해 주시오.

노라   이젠 저를 위해서 아무 일도 하실 수 없으세요. 게다가 저는 정말로 어떤 도움도 필요치 않아요. 이 모든 것이 단지 저의 망상이었다고 하는 것을 알게 되실 거에요. 그건 정말 그래요. 물론 그렇지요! (흔들의자에 앉아서 미소를 띄우며 그를 바라본다.) 당신은 좋은 사람이에요, 랭크 박사님! 이제 램프불이 켜져 있으니 스스로 부끄럽다고 느끼지 않으세요?

랭크   조금도 아니오. 그렇지만 아마 가는 게 좋겠소ㅡ. 영원히?

노라   아니에요, 정말로, 그러지 마세요. 물론 예전처럼 여기에 그냥 오셔야 해요. 토발드가 당신이 없으면 살 수 없다는 걸 잘 아시잖아요.

랭크   그렇소, 하지만 당신은?

노라   오, 저는 당신이 오실 때마다 항상 굉장히 즐거워요.

RANK   It is just that, that put me on the wrong track. You are a
        riddle to me. I have often thought that you would almost
        as soon be in my company as in Helmer's.

NORA   Yes—you see there are some people one loves best, and
        others whom one would almost always rather have as
        companions.

RANK   Yes, there is something in that.

NORA   When I was at home, of course I loved papa best. But I
        always thought it tremendous fun if I could steal down into
        the maids' room, because they never moralised at all, and
        talked to each other about such entertaining things.

RANK   I see—it is their place I have taken.

NORA   (*jumping up and going to him*)
        Oh, dear, nice Doctor Rank, I never meant that at all. But
        surely you can understand that being with Torvald is a
        little like being with papa—(*Enter MAID from the hall.*)

MAID   If you please, ma'am. (*Whispers and hands her a card.*)

NORA   (*glancing at the card*) Oh! (*Puts it in her pocket.*)

RANK   Is there anything wrong?

NORA   No, no, not in the least. It is only something—it is my new
        dress—

RANK   What? Your dress is lying there.

NORA   Oh, yes, that one; but this is another. I ordered it. Torvald
        mustn't know about it—

랭크   바로 그 점이요, 나를 잘못된 길 위에 올려놓은 게 말이요. 당신
      은 나에게 수수께끼요. 나는 가끔씩 생각하오. 당신은 헬머와
      함께 있다가도 금방 나와 함께 있을 수 있다고 말이오.

노라   맞아요, ─. 정말 사랑하는 어떤 사람이 있는가 하면, 또 다른 사
      람들은 그냥 친구로만 삼고 싶은 법이죠.

랭크   그래, 그 이야기에 뭔가 있구려.

노라   제가 집에 있었을 땐, 물론 아빠를 가장 많이 사랑했어요. 그런
      데 만약 제가 하녀들의 방으로 몰래 내려 갈 수 있다면 그건 정
      말 엄청나게 즐거울 것이라고 항상 생각했어요, 왜냐하면 그들
      은 결코 설교하려 들지 않았고, 재미있는 일을 서로 이야기하며
      주고받았기 때문이에요.

랭크   알겠소. 내가 차지한 건 그들의 자리군요.

노라   (벌떡 일어서서 그에게 가며)

      오, 이런, 착한 랭크 박사님, 그런 뜻이 전혀 아니에요. 그렇지
      만 분명히 토발드와 함께 있는 것은 약간은 아빠와 함께 있는
      것과 같다는 점을 이해하실 거예요. (현관에서 하녀가 들어온다.)

하녀   저, 마님. (속삭이며 그녀에게 카드를 건네준다.)

노라   (카드를 흘깃 보며) 오! (그녀의 주머니에 집어넣는다.)

랭크   뭐가 잘못됐소?

노라   아니, 아니, 아무것도 아니에요. 이건 단지 저─새 옷에 관한 것
      이에요─.

랭크   뭐라고요? 당신 옷은 저기 놓여 있지 않소.

노라   오, 그래요, 저것 말이에요. 이건 또 다른 것이에요. 제가 주문
      했어요. 토발드가 그걸 알면 안돼요.

RANK   Oho! Then that was the great secret.

NORA   Of course. Just go in to him; he is sitting in the inner room. Keep him as long as —

RANK   Make your mind easy; I won't let him escape. (*Goes into* HELMER'S *room.*)

NORA   (*to the* MAID)
And he is standing waiting in the kitchen?

MAID   Yes; he came up the back stairs.

NORA   But didn't you tell him no one was in?

MAID   Yes, but it was no good.

NORA   He won't go away?

MAID   No; he says he won't until he has seen you, ma'am.

NORA   Well, let him come in — but quietly. Helen, you mustn't say anything about it to anyone. It is a surprise for my husband.

MAID   Yes, ma'am, I quite understand. (*Exit.*)

NORA   This dreadful thing is going to happen! It will happen in spite of me! No, no, no, it can't happen — it shan't happen! (*She bolts the door of* HELMER'S *room. The* MAID *opens the hall door for* KROGSTAD *and shuts it after him. He is wearing a fur coat, high boots and a fur cap.*)

NORA   (*advancing towards him*)
Speak low — my husband is at home.

KROGSTAD   No matter about that.

NORA   What do you want of me?

KROGSTAD   An explanation of something.

랭크   오호! 그렇다면 그게 바로 커다란 비밀이었군.

노라   물론이에요. 그냥 그에게 들어가세요. 그는 내실에 앉아 있어요.
        가능한 한 그를 오래 붙들고ㅡ.

랭크   마음 편하게 하시오. 그가 도망치지 않도록 할테니까. (헬머의 방
        으로 들어간다.)

노라   (하녀에게)
        그가 부엌에서 기다리며 서있단 말이지?

하녀   네. 그가 뒤쪽 계단으로 올라왔어요.

노라   집에 아무도 없다고 말하지 않았어?

하녀   그랬죠, 하지만 소용없었어요.

노라   가지 않으려 한단 말이지?

하녀   네, 마님을 보기 전까지는 가지 않겠다고 하네요.

노라   그러면 들어오게 해ㅡ. 그렇지만 조용하게. 헬렌, 그 일에 대해
        서 아무한테도 말해선 안 돼. 남편에겐 뜻밖의 일이 될 거야.

하녀   예, 마님, 잘 알겠습니다. (퇴장)

노라   끔찍한 일이 일어나려고 해! 나도 모르게 이 일은 일어나고 말
        거야! 아니야, 아니야, 아니야, 일어날 수가 없어, 일어나지 않
        을 거야! (헬머의 방 문을 잠궈버린다. 하녀가 현관 문을 열고 크로그스타드를
        들인 후 문을 닫는다. 그는 털 코트와 장화와 털 모자를 쓰고 있다.)

노라   (그를 향해 다가가면서)
        나지막이 얘기하세요ㅡ. 제 남편이 집에 있어요.

크로그스타드   그 점은 문제없습니다.

노라   제게서 뭘 원하세요?

크로그스타드   뭔가 설명을 해주셨으면 합니다.

NORA	Make haste then. What is it?
KROGSTAD	You know, I suppose, that I have got my dismissal.
NORA	I couldn't prevent it, Mr. Krogstad. I fought as hard as I could on your side, but it was no good.
KROGSTAD	Does your husband love you so little, then? He knows what I can expose you to, and yet he ventures[125] —
NORA	How can you suppose that he has any knowledge of the sort?
KROGSTAD	I didn't suppose so at all. It would not be the least like our dear Torvald Helmer to show so much courage —
NORA	Mr. Krogstad, a little respect for my husband, please.
KROGSTAD	Certainly — all the respect he deserves. But since you have kept the matter so carefully to yourself, I make bold to suppose that you have a little clearer idea, than you had yesterday, of what it actually is that you have done?
NORA	More than you could ever teach me.
KROGSTAD	Yes, such a bad lawyer as I am.
NORA	What is it you want of me?
KROGSTAD	Only to see how you were, Mrs. Helmer. I have been thinking about you all day long. A mere cashier, a quill-driver, a — well, a man like me — even he has a little of what is called feeling, you know.

---

125) venture: 위험을 무릅쓰다.

노라 그러면 서두르세요. 그게 뭐죠?

크로그스타드 아시겠지만, 전 해고장을 받았습니다.

노라 어쩔 수 없었어요, 크로그스타드 씨. 당신 편에서 제가 할 수 있는 한 열심히 싸웠답니다. 그렇지만 소용이 없었어요.

크로그스타드 그렇다면 당신의 남편이 당신을 그것 밖에 사랑하지 않는다는 말입니까? 그는 내가 당신을 어떤 것에 노출 시킬 수 있는지를 알지 않소? 그런데도 그가 위험을 무릅쓴단ㅡ.

노라 당신은 어떻게 그가 이런 일을 알고 있다고 생각하세요?

크로그스타드 전혀 그렇게 생각하진 않았습니다. 우리 친애하는 토발드 헬머가 그 정도의 용기를 보인다는 것은 전혀 그 답지 않거든요.

노라 크로그스타드 씨. 제발, 제 남편에 대해서 약간의 존경이라도 표해주세요.

크로그스타드 물론이지요ㅡ. 그가 받을만한 존경은 모두 다 드리지요. 그렇지만 당신은 그토록 신중하게 그 문제를 당신 자신에게만 비밀로 붙인 것을 보면, 제 감히 짐작하기로는 어제 그랬던 것보다 당신이 한 일이 실제로 어떤 것인지에 대해서 조금 더 분명한 생각을 하게 된 것 같습니다.

노라 당신이 제게 가르칠 수 있는 것 이상으로 알게 됐죠.

크로그스타드 그렇소, 사실 나는 그렇게 나쁜 변호사요.

노라 제게 원하는 것이 무엇입니까?

크로그스타드 헬머 부인, 당신이 어떠신지 알고 싶었습니다. 저는 하루 종일 당신에 대해서 생각하고 있었죠. 하찮은 현금 출납인, 하급서기, 어, 나 같은 남자도ㅡ심지어 감정이라고 불리는 것을 조금은 가지고 있는 셈입니다.

| NORA | Show it, then; think of my little children. |

NORA   Show it, then; think of my little children.

KROGSTAD   Have you and your husband thought of mine? But never mind about that. I only wanted to tell you that you need not take this matter too seriously. In the first place there will be no accusation made on my part.

NORA   No, of course not; I was sure of that.

KROGSTAD   The whole thing can be arranged amicably[126]; there is no reason why anyone should know anything about it. It will remain a secret between us three.

NORA   My husband must never get to know anything about it.

KROGSTAD   How will you be able to prevent it? Am I to understand that you can pay the balance that is owing?

NORA   No, not just at present.

KROGSTAD   Or perhaps that you have some expedient[127] for raising the money soon?

NORA   No expedient that I mean to make use of.

KROGSTAD   Well, in any case, it would have been of no use to you now. If you stood there with ever so much money in your hand, I would never part with your bond.

NORA   Tell me what purpose you mean to put it to.

KROGSTAD   I shall only preserve it—keep it in my possession. No one who is not concerned in the matter shall have the slightest hint of it. So that if the thought of it has driven you to any desperate resolution—

---

126) amicably: 원만한, 평화적인.
127) expedient: 형편이 좋은, 합당한, 수단, 방법.

노라   그렇다면 그걸 보여주세요, 저의 어린 아이들을 생각해 주세요.

크로그스타드   당신과 당신의 남편은 내 아이들에 대해서는 생각해 보았소? 그
렇지만 그건 그만둡시다. 난 단지 당신이 이 문제를 너무 진지
하게 여길 필요가 없다는 말을 해 드리고 싶은 겁니다. 우선 내
쪽에서 고소하지는 않을 겁니다.

노라   그래요, 물론이지요. 저는 그 점을 확신하고 있었어요.

크로그스타드   이 모든 일은 화기애애하게 정리될 수 있어요. 다른 사람이 이
일에 대해서 알 필요도 없습니다. 우리 세 사람 사이의 비밀로
남겨질 수 있어요.

노라   제 남편은 이 일에 대해서 결코 어떤 것도 알아서는 안 됩니다.

크로그스타드   어떻게 그걸 막을 수 있겠습니까? 당신이 빚의 차액을 지불할
수 있다는 겁니까?

노라   아니에요, 지금 당장은 아니에요.

크로그스타드   아니면 아마 금방 돈을 충당할 수 있는 어떤 방편이 있는 모양
이지요?

노라   내가 사용하고자 하는 방편은 없어요.

크로그스타드   어떤 경우든지 간에, 이제 그것은 당신에게 쓸모 없게 될 겁니
다. 당신이 그렇게 많은 돈을 손에 들고 거기에 서 있다 할지라
도, 당신 증서를 돌려드리지 않겠습니다.

노라   그걸 어떤 목적에 쓰려고 하는지 말해 주세요.

크로그스타드   나는 단지 그걸 보관하고ー내 소유로 하고자 합니다. 이 일에
관련되지 않은 사람은 아무도 그것에 대해서 조금도 눈치를 채
지 못 할 겁니다. 그래서 만약 당신이 그것에 대한 생각 때문에
어떤 절망적인 결심을 하게 되었다면ー.

NORA   It has.

KROGSTAD If you had it in your mind to run away from your home —

NORA   I had.

KROGSTAD Or even something worse —

NORA   How could you know that?

KROGSTAD Give up the idea.

NORA   How did you know I had thought of that?

KROGSTAD Most of us think of that at first. I did, too — but I hadn't the courage.

NORA   (*faintly*)

          No more had I.

KROGSTAD (*in a tone of relief*)

          No, that's it, isn't it — you hadn't the courage either?

NORA   No, I haven't — I haven't.

KROGSTAD Besides, it would have been a great piece of folly. Once the first storm at home is over —. I have a letter for your husband in my pocket.

NORA   Telling him everything?

KROGSTAD In as lenient[128] a manner as I possibly could.

NORA   (*quickly*).

          He mustn't get the letter. Tear it up. I will find some means of getting money.

KROGSTAD Excuse me, Mrs. Helmer, but I think I told you just now —

---

128) lenient: 관대한.

노라 사실 그래요.

크로그스타드 만약 당신이 이 집에서 도망갈 생각을 하였다면 —.

노라 그런 생각이 들었어요.

크로그스타드 아니면 더 나쁜 어떤 것을.

노라 당신은 그걸 어떻게 알 수 있죠?

크로그스타드 그 생각을 버리도록 하세요.

노라 내가 그것을 생각했었던 것을 어떻게 알았나요?

크로그스타드 우리들 대부분은 처음엔 그 생각을 하지요. 나도 또한 그랬지만 —. 용기가 없었어요.

노라 (희미하게)
나도 더 이상 용기가 없어요.

크로그스타드 (안도의 어조로)
없다고, 바로 그거요. 그렇지 않소 —. 당신도 또한 용기가 없었소?

노라 맞아요, 전 없어요 —. 없어요.

크로그스타드 게다가 그건 정말 엄청나게 어리석은 일이 되었을 겁니다. 일단 가정에서의 첫 번째 폭풍우가 지나가면 — 나는 주머니에 당신 남편에게 보낼 편지를 가지고 있습니다.

노라 그에게 모든 것을 말해버리는?

크로그스타드 내가 할 수 있는 한 최대한 관대한 방법으로 말이오.

노라 (재빨리)
그가 편지를 받아선 안돼요. 그걸 찢어 버리세요. 제가 어떤 방법으로든 돈을 마련하겠어요. 크로그스타드.

크로그스타드 그런데, 헬머 부인, 제가 방금 말씀드렸다고 생각하는데요.

NORA   I am not speaking of what I owe you. Tell me what sum
            you are asking my husband for, and I will get the money.

KROGSTAD   I am not asking your husband for a penny.

NORA   What do you want, then?

KROGSTAD   I will tell you. I want to rehabilitate[129] myself, Mrs.
            Helmer; I want to get on; and in that your husband must
            help me. For the last year and a half I have not had a
            hand in anything dishonourable, amid all that time I have
            been struggling in most restricted circumstances. I was
            content to work my way up step by step. Now I am turned
            out, and I am not going to be satisfied with merely being
            taken into favour again. I want to get on, I tell you. I want
            to get into the Bank again, in a higher position. Your
            husband must make a place for me —

NORA   That he will never do!

KROGSTAD   He will; I know him; he dare not protest. And as soon as
            I am in there again with him, then you will see! Within a
            year I shall be the manager's right hand. It will be Nils
            Krogstad and not Torvald Helmer who manages the Bank.

NORA   That's a thing you will never see!

KROGSTAD   Do you mean that you will — ?

---

129) rehabilitate: 원상태로 돌리다, 부흥하다.

노라 제가 당신에게 빚진 것을 말하고 있는 게 아니에요. 당신이 제 남편에게 요청할 금액이 얼마인지 말씀해 보세요. 제가 그 돈을 마련하겠어요.

크로그스타드 나는 당신 남편에게서 한 푼도 바라지 않습니다.

노라 그러면, 뭘 원하세요?

크로그스타드 내가 말씀드리지요. 헬머 부인, 나는 나 자신을 복권시키고 싶어요. 나는 정상적으로 생활하고 싶답니다. 당신 남편이 나에게 그 점을 도와주어야만 합니다. 지난 1년 반 동안 난 불명예스러운 것은 어떤 것도 손을 대지 않았어요. 그리고 그동안 내내 정말 힘든 상황 속에서 투쟁해 왔지요. 한 걸음 한 걸음 내 앞길을 개척해 나가는데 만족했습니다. 이제 난 쫓겨났어요. 그리고 난 단지 다시 호의를 받는 것에 만족하지 않을 겁니다. 말하자면 나도 살고 싶어요. 나는 다시 은행에 돌아가고 싶소. 보다 높은 자리로 말이오. 당신 남편이 나에게 자리를 만들어 주어야 합니다ㅡ.

노라 그는 결코 그 일을 하지 않을 거예요!

크로그스타드 할겁니다. 난 그를 알아요. 그는 감히 저항하지 못 할 겁니다. 내가 다시 거기에 그와 함께 있게 되자마자, 당신은 알게 될 겁니다. 1년 안에 내가 은행장의 오른팔이 될 겁니다. 은행을 운영하는 사람은 토발드 헬머가 아니라 닐스 크로그스타드가 될 겁니다.

노라 그 일을 당신은 결코 이루지 못할 거예요!

크로그스타드 당신이 어떻게 한다는 말입니까ㅡ?

NORA	I have courage enough for it now.
KROGSTAD	Oh, you can't frighten me. A fine, spoilt lady[130] like you —
NORA	You will see, you will see.
KROGSTAD	Under the ice, perhaps? Down into the cold, coal-black water? And then, in the spring, to float up to the surface, all horrible and unrecognizable, with your hair fallen out —
NORA	You can't frighten me.
KROGSTAD	Nor you me. People don't do such things, Mrs. Helmer. Besides, what use would it be? I should have him completely in my power all the same.
NORA	Afterwards? When I am no longer —
KROGSTAD	Have you forgotten that it is I who have the keeping of your reputation? (*NORA stands speechlessly looking at him.*) Well, now, I have warned you. Do not do anything foolish. When Helmer has had my letter, I shall expect a message from him. And be sure you remember that it is your husband himself who has forced me into such ways as this again. I will never forgive him for that. Goodbye, Mrs. Helmer. (*Exit through the hall.*)
NORA	(*goes to the hall door, opens it slightly and listens*) He is going. He is not putting the letter in the box. Oh no, no! That's impossible! (*Opens the door by degrees.*) What is that? He is standing outside. He is not going downstairs. Is he hesitating? Can he — ?

---

130) spoilt lady: 응석받이.

노라	지금은 그 일을 할만한 충분한 용기를 갖게 됐어요.

노라 지금은 그 일을 할만한 충분한 용기를 갖게 됐어요.

크로그스타드 오, 날 놀라게 하지 마시오. 정결하고, 당신 같은 응석받이 여자가 말이요.

노라 두고보세요, 두고보세요.

크로그스타드 얼음덩어리 밑에, 아마도? 차갑고, 석탄처럼 까만 물 속 깊이 말이오? 그리고, 봄이 되면, 표면에 떠올라, 끔찍스럽고 알아볼 수도 없는 모습으로? 당신 머리카락은 다 흩어져 내리고ㅡ.

노라 무섭지 않아요.

크로그스타드 당신도 마찬가지요. 사람들은 그런 일을 하지 않소, 헬머 부인. 게다가, 그게 다 무슨 소용이란 말이요? 어쨌거나 난 그를 내 손아귀에 쥐고 말텐데.

노라 그 후에 말이에요? 제가 더 이상 존재하지 않을 때.

크로그스타드 당신의 명예를 유지하는 사람은 나라고 하는 사실을 잊었소? (노라는 말없이 그를 바라보고 서 있다.) 자, 이제, 당신에게 경고를 했습니다. 어리석은 짓은 하지 마세요. 헬머가 내 편지를 받으면, 난 그로부터 메시지를 받길 기대하오. 그리고 분명히 기억하시오. 당신 남편 스스로 나로 하여금 다시 이와 같은 방법을 사용하게 했다는 점 말이오. 나는 그 점에 대해서 그를 결코 용서하지 않을 거요. 안녕히 계세요, 헬머 부인. (거실을 통해 나간다.)

노라 (현관문으로 다가가서, 살짝 문을 열고 귀를 기울인다.)
그가 가는구나. 편지함에 편지를 넣지는 않고 있어. 오 안돼! 안돼! 그건 불가능해! (조금씩 문을 연다.) 저게 뭐지? 밖에 그가 서 있잖아. 아래층으로 내려가지 않고 있어. 망설이고 있는 걸까? 그가 과연ㅡ?

(*A letter drops into the box; then KROGSTAD'S footsteps are heard, until
they die away as he goes downstairs. NORA utters a stifled cry, and runs
across the room to the table by the sofa. A short pause.*)

NORA In the letter-box. (*Steals across to the hall door.*) There it lies—
Torvald, Torvald, there is no hope for us now!

(*MRS. LINDE comes in from the room on the left, carrying the dress.*)

MRS. LINDE There, I can't see anything more to mend now. Would you
like to try it on—?

NORA (*in a hoarse whisper*)
Christine, come here.

MRS. LINDE (*throwing the dress down on the sofa*)
What is the matter with you? You look so agitated!

NORA Come here. Do you see that letter? There, look—you can
see it through the glass in the letter-box.

MRS. LINDE Yes, I see it.

NORA That letter is from Krogstad.

MRS. LINDE Nora—it was Krogstad who lent you the money!

NORA Yes, and now Torvald will know all about it.

MRS. LINDE Believe me, Nora, that's the best thing for both of you.

NORA You don't know all. I forged a name.

MRS. LINDE Good heavens—!

NORA I only want to say this to you, Christine—you must be my
witness.

MRS. LINDE Your witness? What do you mean? What am I to—?

NORA If I should go out of my mind—and it might easily happen
—

(편지 한 통이 편지함 속에 떨어진다. 그리고 크로그스타드의 발소리가 들린다. 마침내 그가 아래층으로 내려가자 발소리가 사라진다. 노라는 억제된 비명을 지르고, 방을 가로질러서 소파 옆의 탁자로 간다. 짧은 순간이 흐른다.)

노라　　편지함에. (현관 문 쪽으로 몰래 가로질러 간다.) 편지가 저기 있어―.

토발드, 토발드, 이제 우리들에게는 희망이 없어요!

(린드 부인이 왼쪽 방으로부터 나온다, 옷을 들고서)

린드 부인　　자, 더 이상 수선할 게 없어. 한 번 입어보지 않으련―?

노라　　(거칠게 속삭이면서)

크리스틴, 여기 와 봐.

린드 부인　　(소파에 옷을 던져두고)

무슨 일이니? 아주 당혹스러워 보여!

노라　　여기로 와 봐. 저 편지 보이니? 저기 봐. 편지함의 유리를 통해서 볼 수 있지.

린드 부인　　그래, 보여.

노라　　저 편지는 크로그스타드에게서 온 거야.

린드 부인　　노라―. 너에게 돈을 빌려준 사람이 크로그스타드였구나!

노라　　그래, 이제 토발드는 모든 것을 알게 될 거야.

린드 부인　　노라, 내 말 들어봐, 너희 두 사람을 위해서 그게 가장 좋은 일이야.

노라　　넌 다 알고 있진 않아. 내가 이름을 위조했단 말이야.

린드 부인　　맙소사―!

노라　　난 단지 이것을 너에게 말하고 싶어, 크리스틴―. 너는 나의 증인이 되어야 해.

린드 부인　　너의 증인? 무슨 말이야? 내가 무슨 증인이―?

노라　　만약 내가 정신을 놓아버리면―. 그 일은 쉽게 일어날 수도 있어―.

MRS. LINDE   Nora!

NORA   Or if anything else should happen to me—anything, for instance, that might prevent my being here—

MRS. LINDE   Nora! Nora! you are quite out of your mind.

NORA   And if it should happen that there were some one who wanted to take all the responsibility, all the blame, you understand—

MRS. LINDE   Yes, yes—but how can you suppose—?

NORA   Then you must be my witness, that it is not true, Christine. I am not out of my mind at all; I am in my right senses now, and I tell you no one else has known anything about it; I, and I alone, did the whole thing. Remember that.

MRS. LINDE   I will, indeed. But I don't understand all this.

NORA   How should you understand it? A wonderful thing is going to happen!

MRS. LINDE   A wonderful thing?

NORA   Yes, a wonderful thing!—But it is so terrible, Christine; it mustn't happen, not for all the world.

MRS. LINDE   I will go at once and see Krogstad.

NORA   Don't go to him; he will do you some harm.

MRS. LINDE   There was a time when he would gladly do anything for my sake.

NORA   He?

MRS. LINDE   Where does he live?

린드 부인 노라!

노라 아니면 만약 다른 어떤 일이 나에게 발생하면—. 예를 들어, 내가 여기 있을 수 없는 그런 일 말이야—.

린드 부인 노라! 노라! 넌 정말 제정신이 아니구나.

노라 만약 어떤 일이 발생해서 모든 책임과 모든 비난을 감수하기를 원하는 사람이 있다면, 무슨 말인지 알겠어—.

린드 부인 그래, 그래—. 그런데 어떻게 너는 그런 생각을—?

노라 그 땐 네가 그것이 사실이 아니라고 말하는 증인이 되어 줘야 해, 크리스틴. 나는 전혀 정신 나간 게 아냐. 나는 지금 말짱해. 진짜로, 다른 사람은 아무도 그 일을 몰라. 나, 나 혼자서 이 모든 일을 했어. 그걸 기억해 줘.

린드 부인 그럴게, 정말로. 그렇지만 난 이 모든 것을 이해하지 못하겠다.

노라 네가 어떻게 그것을 이해할 수 있겠니? 정말 놀라운 일이 일어나려고 해!

린드 부인 놀라운 일?

노라 그래. 놀라운 일이야—! 그러나 그건 끔찍해, 크리스틴. 그런 일은 이 세상 모든 것을 준다 해도 일어나서는 안돼.

린드 부인 내가 가서 즉시 크로그스타드를 만나야겠어.

노라 가지 마. 너에게 해를 끼칠지도 몰라.

린드 부인 그가 나를 위해서 기꺼이 무슨 일이라도 하려던 때가 있었어.

노라 그가?

린드 부인 그 사람 어디 살지?

NORA	How should I know—? Yes (*feeling in her pocket*), here is his card. But the letter, the letter—!
HELMER	(*calls from his room, knocking at the door*) Nora!
NORA	(*cries out anxiously*) Oh, what's that? What do you want?
HELMER	Don't be so frightened. We are not coming in; you have locked the door. Are you trying on your dress?
NORA	Yes, that's it. I look so nice, Torvald.
MRS. LINDE	(*who has read the card*) I see he lives at the corner here.
NORA	Yes, but it's no use. It is hopeless. The letter is lying there in the box.
MRS. LINDE	And your husband keeps the key?
NORA	Yes, always.
MRS. LINDE	Krogstad must ask for his letter back unread, he must find some pretence—
NORA	But it is just at this time that Torvald generally—
MRS. LINDE	You must delay him. Go in to him in the meantime. I will come back as soon as I can. (*She goes out hurriedly through the hall door.*)
NORA	(*goes to HELMER'S door, opens it and peeps in*). Torvald!
HELMER	(*from the inner room*) Well? May I venture at last to come into my own room again? Come along, Rank, now you will see— (*halting in the doorway*) But what is this?

노라	내가 어떻게 알겠어—? 그래 (주머니를 만지며), 여기 그의 명함이 있어. 그런데 편지, 편지—!
헬머	(문을 두드리며, 방에서 부른다.) 노라!
노라	(걱정스럽게 외친다.) 오, 무슨 일이에요? 뭘 원하세요?
헬머	그렇게 겁낼 필요 없소. 우리가 들어가지 않을 테니까. 당신이 문을 잠궜지 않소. 당신, 옷을 입어 보는 중이요?
노라	맞아요, 그래요. 전 아주 멋져 보여요, 토발드.
린드 부인	(명함을 읽고서) 여기 모퉁이에 살고 있구나.
노라	그래, 하지만 소용이 없어. 희망이 없어. 편지가 저기 편지함에 들어 있거든.
린드 부인	남편이 열쇠를 가지고 있어?
노라	그래, 항상.
린드 부인	크로그스타드가 자기 편지를 읽지 말고 돌려달라고 하게 해야 해, 무슨 핑계거리를 만들어야 하겠지—.
노라	그런데 토발드는 대체로 바로 이맘때—.
린드 부인	그를 지연시켜. 한 동안 그에게 들어가 있어. 내가 할 수 있는 한 최대한 빨리 돌아올게. (현관문을 통해서 급히 나간다.)
노라	(헬머의 문으로 가서, 열고 들여다 본다.) 토발드!
헬머	(내실로부터) 그래? 내가 이제 내 방으로 다시 들어가도 되겠소? 자, 랭크, 이제 당신은 보게 될 거요—. (문켠에 멈추어 서서) 근데 이게 무엇이오?

NORA   What is what, dear?

HELMER   Rank led me to expect a splendid transformation.

RANK   (*in the doorway*)

I understood so, but evidently I was mistaken.

NORA   Yes, nobody is to have the chance of admiring me in my
dress until tomorrow.

HELMER   But, my dear Nora, you look so worn out. Have you been
practising too much?

NORA   No, I have not practised at all.

HELMER   But you will need to —

NORA   Yes, indeed I shall, Torvald. But I can't get on a bit
without you to help me; I have absolutely forgotten the
whole thing.

HELMER   Oh, we will soon work it up again.

NORA   Yes, help me, Torvald. Promise that you will! I am so
nervous about it — all the people —. You must give yourself
up to me entirely this evening. Not the tiniest bit of
business — you mustn't even take a pen in your hand. Will
you promise, Torvald dear?

HELMER   I promise. This evening I will be wholly and absolutely at
your service, you helpless little mortal. Ah, by the way, first
of all I will just — (*goes towards the hall door*)

NORA   What are you going to do there?

HELMER   Only see if any letters have come.

노라   뭐가 뭐예요, 여보?

헬머   랭크가 나에게 엄청난 기대를 갖게 했다오.

랭크   (문 쪽에서)

       나도 그렇게 생각했지만 분명히 내가 착각했구려.

노라   맞아요, 내일까지는 아무도 제가 드레스를 입고 있는 모습을 바라보고 감탄할 수 있는 기회를 가져서는 안 돼요.

헬머   그렇지만, 사랑하는 노라, 당신 아주 지쳐 보여. 너무 많이 연습한 것 아니요?

노라   아니에요, 전혀 연습하지 않았어요.

헬머   그런데 당신은 할 필요가ㅡ.

노라   맞아요, 정말로 저는 연습해야 해요, 토발드. 그렇지만 저는 당신이 저를 도와주지 않으면 조금도 할 수가 없어요. 제가 그 모든 것을 완전히 잊어버렸거든요.

헬머   오, 우린 금세 그것을 되살릴 수 있소.

노라   그래요, 토발드, 도와주세요. 당신이 돕는다고 약속해 주세요! 전 그것이 너무 걱정돼요ㅡ. 다른 모든 사람들ㅡ오늘 밤 저에게 전적으로 당신의 시간을 주셔야만 해요. 사업 일은 조금도 해서는 안 돼요ㅡ. 심지어 손에 펜을 들어서도 안 돼요. 약속하시겠어요, 사랑하는 토발드?

헬머   약속하오. 오늘 밤은 내가 완전히 당신을 위해 전적으로 봉사하겠소, 무력한 작은 인간인 당신을 위해서. 아, 그렇지만, 우선 내가 금방ㅡ(현관문 쪽으로 다가간다.)

노라   거기서 뭐 하시게요?

헬머   편지가 왔나 보려고 하오.

| NORA | No, no! don't do that, Torvald! |

HELMER   Why not?

NORA   Torvald, please don't. There is nothing there.

HELMER   Well, let me look. (*Turns to go to the letter-box. NORA, at the piano, plays the first bars of the Tarantella. HELMER stops in the doorway.*) Aha!

NORA   I can't dance tomorrow if I don't practise with you.

HELMER   (*going up to her*)

Are you really so afraid of it, dear?

NORA   Yes, so dreadfully afraid of it. Let me practise at once; there is time now, before we go to dinner. Sit down and play for me, Torvald dear; criticise me, and correct me as you play.

HELMER   With great pleasure, if you wish me to. (*Sits down at the piano.*)

NORA   (*takes out of the box a tambourine and a long variegated shawl. She hastily drapes the shawl round her. Then she springs to the front of the stage and calls out*)

Now play for me! I am going to dance!

(*HELMER plays and NORA dances. RANK stands by the piano behind HELMER, and looks on.*)

HELMER   (*as he plays*)

Slower, slower!

NORA   I can't do it any other way.

HELMER   Not so violently, Nora!

NORA   This is the way.

HELMER   (*stops playing*)

No, no—that is not a bit right.

노라　　아니, 안 돼요! 그러지 마세요, 토발드!

헬머　　왜 안 된다는 말이오?

노라　　토발드, 제발 그러지 마세요. 거긴 아무 것도 없어요.

헬머　　그래, 한 번 봅시다. (편지함으로 가기 위해 몸을 돌린다. 노라, 피아노에서 타란텔라의 첫 소절을 연주한다. 헬머가 문턱에서 멈춘다.) 아하!

노라　　제가 당신과 연습하지 않으면 내일 춤 출 수가 없어요.

헬머　　(그녀에게 다가가며)

　　　　정말로 그게 걱정이 되오, 당신?

노라　　그래요, 정말 끔찍이도 그게 두려워요. 즉시 연습하게 해 주세요. 저녁 먹기 전에, 시간이 있잖아요. 사랑하는 토발드, 저를 위해 앉아서 연주해 주세요. 연주하면서 저를 비판하고 교정해 주세요.

헬머　　당신이 원한다면, 내 기꺼이 하지. (피아노에 앉는다.)

노라　　(상자에서 탬버린과 다양한 색깔의 긴 숄을 꺼낸다. 그녀의 몸에 급히 숄을 두르고, 무대의 중앙으로 뛰어나가서 소리 지른다.)

　　　　이제 연주해 주세요! 춤을 출 게요!

　　　　(헬머가 연주하고 노라가 춤을 춘다. 랭크는 헬머 뒤 피아노 옆에 서 있다. 그리고 바라본다.)

헬머　　(연주하면서)

　　　　천천히, 더 천천히!

노라　　달리 할 수가 없어요.

헬머　　그렇게 격렬하게 하지말고, 노라!

노라　　이게 맞아요.

헬머　　(연주를 멈추고)

　　　　아니야, 아니야―. 전혀 맞지가 않아.

NORA   (*laughing and swinging the tambourine*)

Didn't I tell you so?

RANK   Let me play for her.

HELMER   (*getting up*)

Yes, do. I can correct her better then.

(*RANK sits down at the piano and plays. NORA dances more and more wildly. HELMER has taken up a position beside the stove, and during her dance gives her frequent instructions. She does not seem to hear him; her hair comes down and falls over her shoulders; she pays no attention to it, but goes on dancing. Enter MRS. LINDE.*)

MRS. LINDE   (*standing as if spell-bound in the doorway*). Oh! —

NORA   (*as she dances*)

Such fun, Christine!

HELMER   My dear darling Nora, you are dancing as if your life depended on it.

NORA   So it does.

HELMER   Stop, Rank; this is sheer madness. Stop, I tell you! (*RANK stops playing, and NORA suddenly stands still. HELMER goes up to her.*) I could never have believed it. You have forgotten everything I taught you.

NORA   (*throwing away the tambourine*)

There, you see.

HELMER   You will want a lot of coaching.

NORA   Yes, you see how much I need it. You must coach me up to the last minute. Promise me that, Torvald!

노라　(웃으면서 탬버린을 흔들며)

제가 그래서 말씀드리지 않았어요?

랭크　내가 연주를 하지.

헬머　(일어서면서)

그래, 그렇게 하세. 그러면 그녀를 더 잘 교정할 수 있을 거요.
(랭크는 피아노에 앉아서 연주한다. 노라는 더욱 더 거칠게 춤을 춘다. 헬머는 난
로 옆에 자리를 잡고서 그녀가 춤을 추는 동안 그녀에게 끊임없이 지시한다. 그
녀는 그의 말을 듣고 있는 것 같지 않다. 머리가 내려와서 어깨 위로 떨어진다.
그녀는 전혀 그것을 신경 쓰지 않고, 계속해서 춤을 춘다. 린드 부인이 등장한다.)

린드 부인　(현관문에서 마법에 걸린 듯이 서서) 아! ―

노라　(춤을 추면서)

정말 재밌어, 크리스틴!

헬머　내 사랑 노라, 당신은 마치 목숨이 거기 달려 있는 듯이 춤을
추고 있구려.

노라　정말 그래요.

헬머　랭크, 그만 멈추게. 이건 정말 미친 짓 같구려. 멈추라고, 내가
말하지 않소! (랭크가 연주하는 것을 멈춘다. 노라도 갑자기 멈춘다. 헬머가
그녀에게 다가간다.) 난 정말 믿을 수가 없구료. 당신은 내가 가르쳐
준 모든 것을 다 잊어버렸소.

노라　(탬버린을 던져버리면서)

그래요, 보셨잖아요.

헬머　지도를 많이 받아야 할 것 같소.

노라　그래요, 당신은 제가 얼마나 지도를 받아야 하는지 아셨지요?
마지막 순간까지 저를 지도해 주셔야 해요. 그걸 제게 약속해
주세요, 토발드!

HELMER	You can depend on me.
NORA	You must not think of anything but me, either today or tomorrow; you mustn't open a single letter—not even open the letter-box—
HELMER	Ah, you are still afraid of that fellow—
NORA	Yes, indeed I am.
HELMER	Nora, I can tell from your looks that there is a letter from him lying there.
NORA	I don't know; I think there is; but you must not read anything of that kind now. Nothing horrid must come between us until this is all over.
RANK	(*whispers to HELMER*) You mustn't contradict her.
HELMER	(*taking her in his arms*) The child shall have her way. But tomorrow night, after you have danced—
NORA	Then you will be free. (*The MAID appears in the doorway to the right.*)
MAID	Dinner is served, ma'am.
NORA	We will have champagne, Helen.
MAID	Very good, ma'am. (*Exit.*)
HELMER	Hullo!—are we going to have a banquet?
NORA	Yes, a champagne banquet until the small hours[131]. (*Calls out.*) And a few macaroons, Helen—lots, just for once!
HELMER	Come, come, don't be so wild and nervous. Be my own little skylark, as you used.

---

131) the small hours: 심야, 사경, 한밤중.

헬머　나를 믿고 의지하구려.

노라　오늘이나 내일은, 저 말고 다른 것을 생각하시면 안 돼요. 편지
는 한 장도 보시면 안 돼요―. 심지어 편지함도 열지 마세요―.

헬머　아, 당신은 아직도 그 친구를 두려워하고 있군―.

노라　그래요, 정말 그래요.

헬머　노라, 당신 표정을 보아하니 그 친구가 보낸 편지가 저기 놓여
있는 것을 알 수 있구려.

노라　몰라요, 편지가 온 것 같아요. 그렇지만 지금은 그딴 같은 어떤
것도 읽으시면 안 돼요. 이 모든 것이 끝날 때까지는 어떤 끔찍
한 일도 우리들 사이에 끼어들면 안 돼요.

랭크　(헬머에게 속삭인다.)
그녀 말대로 하게.

헬머　(그녀를 팔로 안으면서)
우리 애기 마음대로 해. 그렇지만 내일 밤에, 당신이 춤을 춘 다
음에는―.

노라　그 때는 당신 맘대로 하세요. (하녀가 오른쪽 문켠에서 나타난다.)

하녀　마님, 저녁식사가 준비됐어요.

노라　헬렌, 우린 샴페인 마실 거야.

하녀　알겠습니다, 마님. (퇴장)

헬머　야! 우리 진수성찬을 먹는 거요?

노라　네, 오밤중까지 샴페인 만찬을 벌여요. (소리지른다.) 마카롱도 몇
봉지, 헬렌, 많이 준비해. 딱 한번만!

헬머　자, 자, 그렇게 거칠고 초조해 하지 말고. 예전처럼, 내 작은 종
달새가 되어주구려.―

NORA   Yes, dear, I will. But go in now and you too, Doctor Rank.
            Christine, you must help me to do up my hair.

RANK   (*Whispers to HELMER as they go out*)

            I suppose there is nothing—she is not expecting anything?

HELMER   Far from it, my dear fellow; it is simply nothing more than
            this childish nervousness I was telling you of. (*They go into the
            right-hand room.*)

NORA   Well!

MRS. LINDE Gone out of town.

NORA   I could tell from your face.

MRS. LINDE He is coming home tomorrow evening. I wrote a note for
            him.

NORA   You should have let it alone; you must prevent nothing.
            After all, it is splendid[132] to be waiting for a wonderful
            thing to happen.

MRS. LINDE What is it that you are waiting for?

NORA   Oh, you wouldn't understand. Go in to them, I will come
            in a moment. (*MRS. LINDE goes into the dining-room. NORA stands
            still for a little while, as if to compose herself. Then she looks at her watch.*)
            Five o'clock. Seven hours until midnight; and then
            four-and-twenty hours until the next midnight. Then the
            Tarantella will be over. Twenty-four and seven? Thirty-one
            hours to live.

---

132) splendid: 훌륭한, 멋있는.

노라	그래요, 여보, 그럴 거예요. 그렇지만 지금은 들어가세요, 랭크 박사님, 당신도요. 크리스틴, 내 머리하는 걸 도와 줘.
랭크	(나가면서 헬머에게 속삭인다.) 아무 일도 없는 것 같은데―. 그녀가 무슨 다른 일이 있는 건 아니오?
헬머	천만에, 사랑하는 친구여, 내가 말했던 유치한 초조함, 그 이상이 아니라니까. (오른쪽 방으로 그들은 들어간다.)
노라	근데!
린드 부인	읍내 밖으로 가버렸어.
노라	네 얼굴을 보고 알았어.
린드 부인	내일 밤에 집에 돌아올 거야. 그에게 쪽지를 남겼어.
노라	그냥 내버려두지 그랬어. 넌 어떤 것도 막아선 안 돼. 결국, 놀라운 일이 일어나기를 기다리는 것은 멋진 일이잖아.
린드 부인	네가 기다리고 있는 것이 도대체 뭐니?
노라	오, 넌 이해 못할 거야. 저 분들에게 들어가렴, 나도 금방 갈게. (린드 부인이 식당으로 들어간다. 노라는 잠깐 동안 자신을 진정시키려는 듯이 조용히 서 있다. 그리고 시계를 본다.) 다섯 시. 자정까지는 일곱 시간. 그리고 다음 자정까지는 스물 네 시간. 그땐 타란텔라 춤도 끝나겠지. 스물 네 시간과 일곱 시간. 살아갈 시간이 서른 한 시간이구나.

HELMER   (*from the doorway on the right*)

Where's my little skylark?

NORA   (*going to him with her arms outstretched*)

Here she is!

헬머   (오른쪽 문으로부터)

내 작은 종달새는 어디에 있는 거지?

노라   (두 팔을 펼쳐들고 그에게 가면서)

여기 있어요!

Act III

THE SAME SCENE. —*The table has been placed in the middle of the stage, with chairs around it. A lamp is burning on the table. The door into the hall stands open. Dance music is heard in the room above. MRS. LINDE is sitting at the table idly turning over the leaves of a book; she tries to read, but does not seem able to collect her thoughts. Every now and then she listens intently for a sound at the outer door.*)

MRS. LINDE   (*looking at her watch*)

Not yet—and the time is nearly up. If only he does not—. (*Listens again.*) Ah, there he is. (*Goes into the hall and opens the outer door carefully. Light footsteps are heard on the stairs. She whispers.*) Come in. There is no one here.

KROGSTAD   (*in the doorway*).

I found a note from you at home. What does this mean?

MRS. LINDE   It is absolutely necessary that I should have a talk with you.

KROGSTAD   Really? And is it absolutely necessary that it should be here?

똑같은 장면―탁자가 무대 위 중앙에 놓여 있고, 그 주위에 의자가 있다. 등불이 탁자 위에서 타오르고 있다. 거실 안으로 들어가는 문이 열려 있다. 위층 방에서 춤곡이 들려온다. 린드 부인이 책장을 넘기며 한가로이 탁자에 앉아 있다. 책을 읽으려고 하지만 집중을 하지 못하는 것 같다. 매 순간 그녀는 바깥쪽 문에서 나는 소리를 주의 깊게 듣고 있다.

린드 부인	(시계를 바라보며)
	아직은 아니야―. 시간이 거의 다 됐어. 만약 그가 오지 않으면―(다시 듣는다.) 아, 저기 왔어. (거실로 들어가서 조심스럽게 바깥 쪽 문을 연다. 층계에서 가벼운 발자국 소리가 들린다. 그녀는 속삭인다.) 들어오세요. 여기 아무도 없어요.
크로그스타드	(문쪽에서)
	집에서 당신 쪽지를 발견했소. 이건 무슨 일입니까?
린드 부인	제가 당신과 이야기를 나누는 것이 절대적으로 필요해요.
크로그스타드	진심이오? 그런데 장소가 절대적으로 이곳이 되어야 할 필요가 있소?

MRS. LINDE   It is impossible where I live; there is no private entrance to my rooms. Come in; we are quite alone. The maid is asleep, and the Helmers are at the dance upstairs.

KROGSTAD   (*coming into the room*)
Are the Helmers really at a dance tonight?

MRS. LINDE   Yes, why not?

KROGSTAD   Certainly—why not?

MRS. LINDE   Now, Nils, let us have a talk.

KROGSTAD   Can we two have anything to talk about?

MRS. LINDE   We have a great deal to talk about.

KROGSTAD   I shouldn't have thought so.

MRS. LINDE   No, you have never properly understood me.

KROGSTAD   Was there anything else to understand except what was obvious to all the world—a heartless woman jilts a man when a more lucrative[133] chance turns up?

MRS. LINDE   Do you believe I am as absolutely heartless as all that? And do you believe that I did it with a light heart?

KROGSTAD   Didn't you?

MRS. LINDE   Nils, did you really think that?

KROGSTAD   If it were as you say, why did you write to me as you did at the time?

MRS. LINDE   I could do nothing else. As I had to break with you, it was my duty also to put an end to all that you felt for me.

---

133) lucrative: 유리한, 수지맞는.

린드 부인	제가 살고 있는 곳에서는 불가능해요. 제 방으로 들어가는 비밀 입구가 없거든요. 들어오세요. 우리만 있습니다. 하녀는 잠이 들었고, 헬머 부부는 위층에서 춤을 추고 있어요.
크로그스타드	(방으로 들어오면서) 헬머 부부가 정말로 오늘밤에 춤을 추고 있소?
린드 부인	그래요, 왜 안되나요?
크로그스타드	물론—안될 이유가 있겠습니까?
린드 부인	자, 닐스, 이제, 이야기를 해보죠.
크로그스타드	우리 둘이 뭐 이야기 할 것이 있겠소?
린드 부인	할 이야기가 많이 있어요.
크로그스타드	나는 그렇게 생각하지 않는데.
린드 부인	아녜요, 당신은 결코 저에 대해서 올바르게 이해한 적이 없어요.
크로그스타드	세상 천지에 분명해져버린 것말고 이해해야 할 다른 어떤 것이 있었소? 좀 더 수지가 맞는 일이 생길 땐 무정한 여자는 남자를 차버린다는 것밖에.
린드 부인	제가 그럴 정도로 정말 무정하다고 생각하세요? 그리고 제가 그것을 가벼운 마음으로 했다고 생각하세요?
크로그스타드	그렇지 않았소?
린드 부인	닐스, 정말 그렇게 생각했어요?
크로그스타드	만약 당신이 말한 대로였다면, 왜 그때 그런 식으로 내게 편지를 썼던 거요?
린드 부인	저는 다른 식으론 할 수 없었어요. 제가 당신과 헤어져야 했었기 때문에 당신이 제게 느낀 모든 것에 종지부를 찍어야 하는 것이 또한 저의 의무였지요.

KROGSTAD   (*wringing his hands*)

             So that was it. And all this—only for the sake of money!

MRS. LINDE   You must not forget that I had a helpless mother and two

             little brothers. We couldn't wait for you, Nils; your

             prospects seemed hopeless then.

KROGSTAD   That may be so, but you had no right to throw me over for

             anyone else's sake.

MRS. LINDE   Indeed I don't know. Many a time did I ask myself if I had

             the right to do it.

KROGSTAD   (*more gently*)

             When I lost you, it was as if all the solid ground went from

             under my feet. Look at me now—I am a shipwrecked man

             clinging to a bit of wreckage.

MRS. LINDE   But help may be near.

KROGSTAD   It was near; but then you came and stood in my way.

MRS. LINDE   Unintentionally, Nils. It was only today that I learned it

             was your place I was going to take in the Bank.

KROGSTAD   I believe you, if you say so. But now that you know it, are

             you not going to give it up to me?

MRS. LINDE   No, because that would not benefit you in the least.

KROGSTAD   Oh, benefit, benefit—I would have done it whether or no.

MRS. LINDE   I have learned to act prudently. Life, and hard, bitter

             necessity have taught me that.

| 크로그스타드 | (자신의 손을 비틀며) |

그랬었군. 그리고 이 모든 것은—단지 돈을 위해서로군!

| 린드 부인 | 제게 무력한 엄마와 두 남동생이 있었다는 것을 당신은 잊으시면 안돼요. 우리는 당신을 기다릴 수 없었어요, 닐스. 그때 당신의 앞길은 절망적인 것처럼 보였어요. |

| 크로그스타드 | 그럴 수도 있소. 그러나 당신은 나를 아무렇게나 내팽개칠 권리를 가지고 있지 않았소. |

| 린드 부인 | 정말로 모르겠어요. 여러 번 저는 제가 그럴 권리를 가지고 있었는지 스스로에게 물어보았어요. |

| 크로그스타드 | (좀 더 상냥하게) |

내가 당신을 잃어버렸을 때, 마치 모든 견고한 땅이 내 발 밑에서 꺼지는 것 같았소. 자, 이제 나를 보시오. 나는 작은 표류물에 매달려 있는 난파당한 사람이오.

| 린드 부인 | 그러나 도움이 가까이 있을 수 있잖아요. |

| 크로그스타드 | 그랬지요, 그러나 그때 당신이 다가와서 내 길을 가로막았소. |

| 린드 부인 | 의도하진 않았어요, 닐스. 제가 은행에서 차지할 자리가 당신 것이었다는 것을 나는 단지 오늘에서야 알았어요. |

| 크로그스타드 | 당신이 그렇게 말한다면, 믿겠소. 그러나 이제 당신이 그것을 알게 되었지만, 내게 그 자리를 양보하지는 않겠지? |

| 린드 부인 | 맞아요, 왜냐하면 그것이 당신에게 조금도 이롭지 않을 것이기 때문이에요. |

| 크로그스타드 | 오, 이로움이라, 이로움—. 나라면 어쨌건 그렇게 했을 거요. |

| 린드 부인 | 저는 사려 깊게 행동하는 법을 배웠어요. 인생의 거칠고도 씁쓸한 궁핍함이 제게 그것을 가르쳐 주었어요. |

KROGSTAD   And life has taught me not to believe in fine speeches.

MRS. LINDE   Then life has taught you something very reasonable. But deeds you must believe in?

KROGSTAD   What do you mean by that?

MRS. LINDE   You said you were like a shipwrecked man clinging to some wreckage.

KROGSTAD   I had good reason to say so.

MRS. LINDE   Well, I am like a shipwrecked woman clinging to some wreckage—no one to mourn for, no one to care for.

KROGSTAD   It was your own choice.

MRS. LINDE   There was no other choice—then.

KROGSTAD   Well, what now?

MRS. LINDE   Nils, how would it be if we two shipwrecked people could join forces?

KROGSTAD   What are you saying?

MRS. LINDE   Two on the same piece of wreckage would stand a better chance than each on their own.

KROGSTAD   Christine I. . .

MRS. LINDE   What do you suppose brought me to town?

KROGSTAD   Do you mean that you gave me a thought?

MRS. LINDE   I could not endure life without work. All my life, as long as I can remember, I have worked, and it has been my greatest and only pleasure. But now I am quite alone in the world—my life is so dreadfully empty and I feel so

크로그스타드　그리고 인생은 번지르한 말에 속지 않도록 내게 가르쳐주었소.

린드 부인　그렇다면 인생은 당신에게 매우 합리적인 것을 가르쳐 주었군요? 그런데 믿어야만 할 행동은 어떤가요?

크로그스타드　그건 무슨 말이요?

린드 부인　당신은 당신이 작은 표류물에 의지하고 있는 난파당한 사람 같다고 말했죠.

크로그스타드　그렇게 말한 충분한 이유가 있소.

린드 부인　그렇다면, 저도 어떤 표류물에 의지하고 있는 난파당한 여자와도 같아요ㅡ. 슬퍼할 사람도 없고 돌봐줄 사람도 없어요.

크로그스타드　당신 자신이 선택한 것이었소.

린드 부인　다른 선택이 없었지요ㅡ. 그때는.

크로그스타드　그렇다면, 지금은 어떻다는 겁니까?

린드 부인　닐스, 우리 난파당한 두 사람이 힘을 합하는 것이 어때요?

크로그스타드　무슨 말을 하는 거요?

린드 부인　각자가 자기 자신의 난파물에 의지하는 것보다 두 사람이 똑같은 난파물에 의지하고 있는 것이 더 좋을 것이라는 이야기예요.

크로그스타드　크리스틴 나는ㅡ.

린드 부인　제가 왜 이 읍내에 왔다고 생각하세요?

크로그스타드　나를 염두에 두고 왔다는 말이오?

린드 부인　저는 일하지 않으면 살 수가 없어요. 제가 기억할 수 있는 한, 모든 저의 인생에 있어서 저는 일을 해 왔고 그것은 저의 가장 커다랗고 유일한 즐거움이었어요. 그러나 이제 저는 세상에 홀로 남아있고ㅡ저의 인생은 매우 끔찍스러울 정도로 텅 비어있

forsaken[134]. There is not the least pleasure in working for one's self. Nils, give me someone and something to work for.

KROGSTAD   I don't trust that. It is nothing but a woman's overstrained sense of generosity that prompts you to make such an offer of yourself.

MRS. LINDE   Have you ever noticed anything of the sort in me?

KROGSTAD   Could you really do it? Tell me—do you know all about my past life?

MRS. LINDE   Yes.

KROGSTAD   And do you know what they think of me here?

MRS. LINDE   You seemed to me to imply that with me you might have been quite another man.

KROGSTAD   I am certain of it.

MRS. LINDE   Is it too late now?

KROGSTAD   Christine, are you saying this deliberately? Yes, I am sure you are. I see it in your face. Have you really the courage, then—?

MRS. LINDE   I want to be a mother to someone, and your children need a mother. We two need each other. Nils, I have faith in your real character—I can dare anything together with you.

KROGSTAD   (grasps her hands)

Thanks, thanks, Christine! Now I shall find a way to clear

---

134) forsake: 버리다, 그만 두다.

어요. 저는 참으로 버림받은 느낌이에요. 자기만을 위해 일하는 것에는 조금의 즐거움도 없어요. 닐스, 제게 위하여 일할 사람과 무엇인가를 위하여 일할 수 있도록 해 주세요.

크로그스타드 그 말을 믿을 수 없소. 당신 자신을 그렇게 내어놓도록 당신을 재촉하는 것은 여인의 과도한 자비심에 지나지 않소.

린드 부인 제게서 어떤 그런 종류의 것을 보신 적이 있나요?

크로그스타드 당신 정말 그렇게 할 수 있소? 말 해보시오—. 나의 과거의 삶에 대해 모두 알고 있소?

린드 부인 예.

크로그스타드 그리고 사람들이 이곳에서 나에 대해 어떻게 생각하고 있는지도 말이요?

린드 부인 저와 함께였다면 당신은 전혀 다른 남자가 되었을 수도 있다고 말하는 것처럼 보이는 군요.

크로그스타드 나도 그 점은 확신하오.

린드 부인 지금이라면 너무 늦었나요?

크로그스타드 크리스틴, 당신은 이것을 신중하게 말하고 있는 거요? 그래, 당신이 그렇다고 확신하오. 난 당신 얼굴에서 알 수 있소. 당신 정말로 용기가 있소, 그럼—?

린드 부인 저는 누군가에게 어머니가 되고 싶어요, 그리고 당신의 아이들은 어머니가 필요해요. 우리 둘은 서로 상대방을 필요로 해요. 닐스, 저는 당신의 진짜 성품에 대한 믿음을 가지고 있어요—. 당신과 함께라면 그 어떤 것도 할 수 있어요.

크로그스타드 (그녀의 손을 잡는다.)
고맙소, 고마워, 크리스틴! 이제 난 세상 사람들 앞에서 내 자신

myself in the eyes of the world. Ah, but I forgot —

MRS. LINDE   (*listening*) Hush! The Tarantella! Go, go!

KROGSTAD   Why? What is it?

MRS. LINDE   Do you hear them up there? When that is over, we may expect them back.

KROGSTAD   Yes, yes — I will go. But it is all no use. Of course you are not aware what steps I have taken in the matter of the Helmers.

MRS. LINDE   Yes, I know all about that.

KROGSTAD   And in spite of that have you the courage to — ?

MRS. LINDE   I understand very well to what lengths a man like you might be driven by despair.

KROGSTAD   If I could only undo what I have done!

MRS. LINDE   You cannot. Your letter is lying in the letter-box now.

KROGSTAD   Are you sure of that?

MRS. LINDE   Quite sure, but —

KROGSTAD   (*with a searching look at her*)

Is that what it all means? — that you want to save your friend at any cost? Tell me frankly. Is that it?

MRS. LINDE   Nils, a woman who has once sold herself for another's sake, doesn't do it a second time.

KROGSTAD   I will ask for my letter back.

을 깨끗케 할 수 있는 방법을 찾을 것이요. 아, 그런데 나는 잊어—.

린드 부인 (귀기울이며) 조용히! 타란텔라 춤이에요! 가세요, 가!

크로그스타드 왜? 무엇 때문이오?

린드 부인 위층에 있는 사람들의 소리가 들리죠? 춤이 끝나면, 그들이 돌아올 거예요.

크로그스타드 그래, 그래—가겠소. 그렇지만 그것은 모두 소용이 없소. 물론 당신은 내가 헬머 집안 사람들의 일에 대해서 어떤 일을 했는지 모르고 있소.

린드 부인 아니에요, 저는 모든 걸 알고 있어요.

크로그스타드 그런데도 당신은 용기를 내서—?

린드 부인 전 당신 같은 남자가 절망의 늪에서 어디까지 내 몰릴 수 있는지 잘 이해한답니다.

크로그스타드 내가 한 일을 되돌릴 수만 있다면!

린드 부인 그럴 수 없어요. 당신 편지는 지금 편지함에 있어요.

크로그스타드 그게 분명하오?

린드 부인 분명해요, 그렇지만—.

크로그스타드 (그녀를 뚫어져라 바라보면서)

이 모든 것이 의미하는 것이 바로 이것이란 말이요? 당신은 어떤 희생을 치르더라도 당신 친구를 구하고자 하는 것 말이요. 나에게 솔직하게 말해 주시오. 이것이 바로 그것이오?

린드 부인 닐스, 다른 사람을 위해서 한 번 자신을 팔아버린 여자는, 두 번씩 그런 일을 하지 않는답니다.

크로그스타드 내 편지를 돌려달라고 말하겠소.

MRS. LINDE   No, no.

KROGSTAD   Yes, of course I will. I will wait here until Helmer comes;
I will tell him he must give me my letter back — that it only
concerns my dismissal — that he is not to read it —

MRS. LINDE   No, Nils, you must not recall your letter.

KROGSTAD   But, tell me, wasn't it for that very purpose that you asked
me to meet you here?

MRS. LINDE   In my first moment of fright, it was. But twenty-four hours
have elapsed[135] since then, and in that time I have
witnessed incredible things in this house. Helmer must
know all about it. This unhappy secret must be disclosed;
they must have a complete understanding between them,
which is impossible with all this concealment[136] and
falsehood going on.

KROGSTAD   Very well, if you will take the responsibility. But there is
one thing I can do in any case, and I shall do it at once.

MRS. LINDE   (*listening*) You must be quick and go! The dance is over; we
are not safe a moment longer.

KROGSTAD   I will wait for you below.

MRS. LINDE   Yes, do. You must see me back to my door. . .

KROGSTAD   I have never had such an amazing piece of good fortune in
my life! (*Goes out through the outer door. The door between the room and
the hall remains open.*)

---

135) elapse: 경과하다, 지나가다.
136) concealment: 은닉, 잠복.

린드 부인	아니에요, 아니에요.
크로그스타드	아니요, 물론 내가 그렇게 하겠소. 헬머가 올 때까지 여기서 기다리겠소. 내 편지를 돌려달라고 그에게 말할 것이오, 그 편지는 단지 내 해고에 관한 것이기에 ─ 그가 그것을 읽어서는 안된다라고 ─.
린드 부인	아니에요, 닐스. 당신은 편지를 돌려 받으면 안 돼요.
크로그스타드	그렇지만, 얘기해 보시오, 바로 그 목적 때문에 나에게 여기서 당신을 만나달라고 한 것이 아니었소?
린드 부인	내가 처음 깜짝 놀랐을 때에는, 그랬죠. 그렇지만 그 때 이래로 스물 네 시간이 흘러갔답니다. 그리고 그 사이에 이 집안에서 믿지 못할 일들을 목격했지요. 헬머는 모든 것을 알아야 해요. 이 불행한 비밀은 알려져야 해요. 그들은 서로가 완전히 이해해야 해요. 이 모든 거짓과 은폐가 진행되는 동안엔 불가능한 그 이해 말이에요.
크로그스타드	좋소, 만약 당신이 책임을 지겠다면. 그렇지만 어떤 경우라도 내가 할 수 있는 일이 한 가지 있소. 그 일을 즉시 하겠소.
린드 부인	(귀기울이며) 자, 빨리 가야 해요! 춤이 끝났어요. 한 순간도 더는 안전하지 못해요.
크로그스타드	당신을 밑에서 기다리겠소.
린드 부인	네, 그렇게 하세요. 제 집까지 바래다주세요 ─.
크로그스타드	내 인생에 있어서 이렇게 놀라운 행운을 가져본 적이 없다오! (바깥 문으로 나간다. 방과 거실 사이의 문이 열려 있다.)

MRS. LINDE   (*tidying up the room and laying her hat and cloak ready*) What a difference! what a difference! Someone to work for and live for—a home to bring comfort into. That I will do, indeed. I wish they would be quick and come—(*listens*) Ah, there they are now. I must put on my things.

(*Takes up her hat and cloak. HELMER'S and NORA'S voices are heard outside; a key is turned, and HELMER brings NORA almost by force into the hall. She is in an Italian costume with a large black shawl around her; he is in evening dress, and a black domino[137] which is flying open.*)

NORA   (*hanging back in the doorway, and struggling with him*)

No, no, no!—don't take me in. I want to go upstairs again; I don't want to leave so early.

HELMER   But, my dearest Nora—

NORA   Please, Torvald dear—please, please—only an hour more.

HELMER   Not a single minute, my sweet Nora. You know that was our agreement. Come along into the room; you are catching cold standing there.

(*He brings her gently into the room, in spite of her resistance.*)

MRS. LINDE   Good evening.

NORA   Christine!

HELMER   You here, so late, Mrs. Linde?

MRS. LINDE   Yes, you must excuse me; I was so anxious to see Nora in her dress.

NORA   Have you been sitting here waiting for me?

---

137) domino: 가면, 가장복.

린드 부인 (방을 치우고 모자와 외투를 준비시켜 놓는다.) 이 얼마나 큰 차이인가! 이 얼마나 큰 차이야! 누군가를 위해서 일하고 누군가를 위해서 살 수 있다고 하는 게─. 가정에 편안함을 가져온다는 것. 난 정말, 그렇게 할거야. 이 사람들이 빨리 왔으면 좋겠는데. (귀를 기울인다.) 아, 이제 저기 오고 있구나. 내 옷을 입어야지.

(모자와 외투를 집어든다. 헬머와 노라의 목소리가 밖에서 들린다. 열쇠가 돌아가고 헬머가 노라를 거의 강제로 거실로 들여보낸다. 그녀는 몸에 커다란 검정 숄을 두르고 이태리 풍의 옷을 입고 있다. 그는 야회복을 입고 있다, 그리고 검정색 가면이 열려서 휘날리고 있다.)

노라 (현관문에서 뒷걸음질을 치며, 그와 몸싸움을 하면서)

안돼요, 아니, 아니!─절 들여보내지 마세요. 전 다시 위층에 올라가고 싶어요. 그렇게 빨리 떠나고 싶지 않아요.

헬머 그렇지만, 애모하는 노라─

노라 제발, 사랑하는 토발드─제발, 제발─단 한 시간만 더요.

헬머 단 일분도 안되겠소, 사랑하는 노라. 그게 우리의 약속이었잖소. 방으로 들어와요. 거기 서있다간 감기에 걸리겠소.

(그녀가 저항함에도 불구하고, 그녀를 부드럽게 방 안으로 들여보낸다.)

린드 부인 안녕하세요.

노라 크리스틴!

헬머 이렇게 늦은 시간에, 당신이 여기, 린드 부인?

린드 부인 예, 용서하세요. 전 노라가 드레스를 입은 모습을 꼭 보고 싶었어요.

노라 여기서 날 기다리면서 앉아 있었니?

MRS. LINDE   Yes, unfortunately I came too late, you had already gone upstairs; and I thought I couldn't go away again without having seen you.

HELMER   (taking off NORA'S shawl)

Yes, take a good look at her. I think she is worth looking at. Isn't she charming, Mrs. Linde?

MRS. LINDE   Yes, indeed she is.

HELMER   Doesn't she look remarkably pretty? Everyone thought so at the dance. But she is terribly self-willed, this sweet little person. What are we to do with her? You will hardly believe that I had almost to bring her away by force.

NORA   Torvald, you will repent not having let me stay, even if it were only for half an hour.

HELMER   Listen to her, Mrs. Linde! She had danced her Tarantella, and it had been a tremendous success, as it deserved — although possibly the performance was a trifle too realistic —a little more so, I mean, than was strictly compatible with the limitations of art. But never mind about that! The chief thing is, she had made a success—she had made a tremendous success. Do you think I was going to let her remain there after that, and spoil the effect? No, indeed! I took my charming little Capri maiden—my capricious little Capri maiden, I should say—on my arm; took one quick turn round the room; a curtsey on either side, and, as they

린드 부인   그래, 불행하게도 내가 너무 늦게 왔어. 넌 벌써 위층에 올라가 버렸더구나. 너를 보지 않고서 다시 갈 수는 없다고 생각했지.

헬머   (노라의 숄을 벗기면서)

그래요, 그녀를 한 번 보세요. 볼 만한 값어치가 있다고 생각해요. 예쁘지 않습니까, 린드 부인?

린드 부인   네, 정말로 예쁘군요.

헬머   그녀가 기가 막히게 예쁘지 않습니까? 무도회장에서 모든 사람이 그렇게 생각했답니다. 그런데 그녀는 끔찍이도 고집불통이었어요, 이 달콤한 작은 사람이 말이오. 우리가 그녀를 어쩌겠소? 내가 거의 강제로 그녀를 여기 데리고 와야 했는데 당신은 거의 믿지 못할 거요.

노라   토발드, 단지 반시간만이라도 저를 더 머무르게 하지 않은 것을 후회하실 거예요.

헬머   저 말 좀 들어보세요, 린드 부인! 그녀는 타란텔라를 추었소, 그리고 당연한 거지만 대단한 성공이었죠―. 비록 그 춤은 약간 너무 사실적이었지만―말하자면 예술의 한계점과 엄밀하게 양립할 수 있는 것보다 약간 더 그랬다는 말입니다. 그렇지만 그건 신경 쓸 일이 아니오! 중요한 것은, 그녀가 성공했단 것이오―. 엄청난 성공을 했었소. 그 후에 내가 그녀를 남아 있게 할 거라고 생각하시오? 그래서 그 효과를 망쳐버리면서 말이오? 아니, 정말 그럴 수는 없었소! 나는 이 매력적인 작은 카프리 처녀를 붙들고―나의 변덕스런 작은 카프리 처녀 말이오, 말하자면 내 팔에 안고 방을 한 바퀴 빨리 돌고 양 쪽에 목례를 한 다

say in novels, the beautiful apparition[138] disappeared. An exit ought always to be effective, Mrs. Linde; but that is what I cannot make Nora understand. Pooh! this room is hot. (*Throws his domino on a chair, and opens the door of his room.*) Hullo! it's all dark in here. Oh, of course — excuse me —. (*He goes in, and lights some candles.*)

NORA   (*in a hurried and breathless whisper*) Well?

MRS. LINDE   (*in a low voice*). I have had a talk with him.

NORA   Yes, and —

MRS. LINDE   Nora, you must tell your husband all about it.

NORA   (*in an expressionless voice*)

I knew it.

MRS. LINDE   You have nothing to be afraid of as far as Krogstad is concerned; but you must tell him.

NORA   I won't tell him.

MRS. LINDE   Then the letter will.

NORA   Thank you, Christine. Now I know what I must do. Hush — !

HELMER   (*coming in again*) Well, Mrs. Linde, have you admired her?

MRS. LINDE   Yes, and now I will say goodnight.

HELMER   What, already? Is this yours, this knitting?

MRS. LINDE   (*taking it*) Yes, thank you, I had very nearly forgotten it.

HELMER   So you knit?

MRS. LINDE   Of course.

---

138) apparition: 환영, 출현 물, 출현.

음, 그들이 풍성한 찬사를 늘여놓을 때, 이 아름다운 환영을 사라지게 하였소. 퇴장하는 것이 항상 효과적이어야만 하오, 린드 부인. 그런데 그 점을 내가 노라에게 이해시킬 수가 없소. 푸! 이 방이 덥구려. (가면을 의자 위에 던지고, 방의 문을 연다.) 야! 여긴 아주 캄캄하구나. 아, 물론 그렇지ㅡ. 실례합니다ㅡ. (그는 들어가서, 촛불을 켠다.)

노라　(급하고 숨이 찬 속삭임으로) 그래?

린드 부인　(작은 목소리로) 내가 그 사람하고 얘기를 했어.

노라　그래, 그리고ㅡ.

린드 부인　노라, 네 남편에게 모든 것을 이야기해야 해.

노라　(표정이 없는 목소리로)

그럴 줄 알았어.

린드 부인　크로그스타드에 관한 한 두려워 할 게 아무것도 없어. 그렇지만 넌 남편에게 말해야 해.

노라　말하지 않을 거야.

린드 부인　그러면 그 편지가 말하게 될 거야.

노라　고맙구나, 크리스틴. 이제 내가 무슨 일을 해야 하는지 알게 됐어. 쉿ㅡ!

헬머　(다시 들어오며) 자, 린드 부인, 잘 감상하셨소?

린드 부인　그래요, 이젠 작별인사를 해야겠군요.

헬머　뭐요, 벌써? 이게 당신 거요, 이 뜨개질?

린드 부인　(그것을 받으면서) 예, 감사합니다. 깜빡 잊을 뻔했군요.

헬머　당신은 뜨개질을 하시오?

린드 부인　물론이지요.

HELMER   Do you know, you ought to embroider.

MRS. LINDE   Really? Why?

HELMER   Yes, it's far more becoming. Let me show you. You hold
            the embroidery thus in your left hand, and use the needle
            with the right — like this — with a long, easy sweep. Do you
            see?

MRS. LINDE   Yes, perhaps —

HELMER   But in the case of knitting — that can never be anything
            but ungraceful; look here — the arms close together, the
            knitting- needles going up and down — it has a sort of[139]
            Chinese effect —. That was really excellent champagne
            they gave us.

MRS. LINDE   Well, — goodnight, Nora, and don't be self-willed any more.

HELMER   That's right, Mrs. Linde.

MRS. LINDE   Goodnight, Mr. Helmer.

HELMER   (accompanying her to the door)
            Goodnight, goodnight. I hope you will get home all right. I
            should be very happy to — but you haven't any great
            distance to go. Goodnight, goodnight. (She goes out; he shuts the
            door after her, and comes in again.) Ah! — at last we have got rid of
            her. She is a frightful bore, that woman.

NORA   Aren't you very tired, Torvald?

HELMER   No, not in the least.

NORA   Nor sleepy?

---

139) a sort of: 일종의, 이른바, 이라고 할 만한.

| 헬머 | 아십니까, 당신은 수예를 해야 해요. |

린드 부인 정말요? 왜요?

헬머 예, 그게 훨씬 더 어울린답니다. 제가 보여드리지요. 그렇게 당신 왼쪽 손에 자수감을 붙듭니다, 그리고-이렇게-오른손으로 바늘을 길고 편하게 지나가게 하세요. 아시겠어요?

린드 부인 예, 아마도-.

헬머 그렇지만 뜨개질하는 경우는-모양새가 볼품 없이 돼버리지요. 여기 보세요,-팔이 함께 좁혀집니다, 뜨개질 할 땐-바늘이 위 아래로 오르내리지요-. 일종의 중국풍의 분위기라고나 할까-. 그런데 그 집 샴페인은 정말로 훌륭했소.

린드 부인 예,-안녕, 노라. 더 이상 고집부리지 마.

헬머 맞습니다, 린드 부인.

린드 부인 안녕히 계세요, 헬머 씨.

헬머 (문까지 그녀를 바래다주며)

안녕히, 안녕히 가세요. 집까지 안전하게 가시기 바랍니다. 제가 아주 즐거운 마음으로-그렇지만 그렇게 멀리 가지는 않으시니까. 안녕히, 안녕히. (그녀는 나간다. 그는 문을 닫는다. 그리고 다시 들어온다.) 아!-마침내 우리가 그녀를 해치워 버렸군. 그 여자는 정말 끔찍이도 지겨운 사람이야.

노라 토발드, 많이 피곤하지 않으세요?

헬머 아니, 조금도 피곤하지 않아.

노라 졸립지 않으세요?

HELMER   Not a bit. On the contrary, I feel extraordinarily[140] lively. And you? — you really look both tired and sleepy.

NORA   Yes, I am very tired. I want to go to sleep at once.

HELMER   There, you see it was quite right of me not to let you stay there any longer.

NORA   Everything you do is quite right, Torvald.

HELMER   (*kissing her on the forehead*) Now my little skylark is speaking reasonably. Did you notice what good spirits Rank was in this evening?

NORA   Really? Was he? I didn't speak to him at all.

HELMER   And I very little, but I have not for a long time seen him in such good form. (*Looks for a while at her and then goes nearer to her.*) It is delightful to be at home by ourselves again, to be all alone with you — you fascinating[141], charming little darling!

NORA   Don't look at me like that, Torvald.

HELMER   Why shouldn't I look at my dearest treasure? — at all the beauty that is mine, all my very own?

NORA   (*going to the other side of the table*)
You mustn't say things like that to me tonight.

HELMER   (*following her*) You have still got the Tarantella in your blood, I see. And it makes you more captivating than ever. Listen — the guests are beginning to go now. (*In a lower voice.*) Nora — soon the whole house will be quiet.

---

140) extraordinarily: 비상한, 터무니없는, 특별한.
141) fascinate: 매혹하다, 꼼짝 못하게 하다.

헬머   조금도. 정 반대로, 특별히 더 생기가 도네. 당신은 어떻소?—
당신은 피곤하고 졸려 보이는군.

노라   네, 저는 정말 피곤해요. 곧장 잠을 자고 싶어요.

헬머   그거 보시오, 내가 당신을 거기서 더 이상 머무르지 않게 한 것
은 옳은 일이었소.

노라   당신이 하는 모든 일은 정말 옳아요, 토발드.

헬머   (그녀의 이마에 키스하며) 이제 나의 작은 종달새가 제대로 말하는군.
랭크가 오늘 저녁에 얼마나 기분 좋아하는지 눈여겨보았소?

노라   정말로요? 그랬나요? 저는 그 사람에게 전혀 말을 하지 않았어
요.

헬머   나도 말은 별로 하지 않았소, 그렇지만 나는 그가 그렇게 기분
좋은 모습으로 있는 것을 오랫동안 본 적이 없소. (한 동안 그녀를
바라보다가 그녀에게 가까이 다가간다.) 다시 우리 둘만이 집에 있으니
즐겁소, 단지 당신과만 말이오—. 황홀하고, 매력적인, 이 귀여
운 사랑!

노라   그렇게 절 바라보지 마세요, 토발드.

헬머   내가 왜 나의 가장 소중한 보물을 바라보아서는 안 된다는 말이
오?—나의 것인 이 모든 아름다움, 바로 내 것인데 말이오.

노라   (탁자의 다른 쪽으로 가면서)
오늘 밤 저에게 그처럼 말씀하시지 마세요.

헬머   (그녀를 따라가면서) 당신 핏속에 아직도 타란텔라 춤을 간직하고
있구려. 바로 그것이 당신을 어느 때보다 더 매력적으로 만든다
오. 들어봐—. 손님들이 이제 가기 시작하고 있소. (나지막한 목소
리로) 노라—금세 건물 전체가 조용해 질 것이오.

NORA   Yes, I hope so.

HELMER   Yes, my own darling Nora. Do you know, when I am out at a party with you like this, why I speak so little to you, keep away from you, and only send a stolen glance in your direction now and then?—do you know why I do that? It is because I make believe to myself that we are secretly in love, and you are my secretly promised bride, and that no one suspects there is anything between us.

NORA   Yes, yes—I know very well your thoughts are with me all the time.

HELMER   And when we are leaving, and I am putting the shawl over your beautiful young shoulders—on your lovely neck—then I imagine that you are my young bride and that we have just come from the wedding, and I am bringing you for the first time into our home—to be alone with you for the first time—quite alone with my shy little darling! All this evening I have longed for nothing but you. When I watched the seductive[142] figures of the Tarantella, my blood was on fire; I could endure it no longer, and that was why I brought you down so early—

NORA   Go away, Torvald! You must let me go. I won't—

HELMER   What's that? You're joking, my little Nora! You won't— you won't? Am I not your husband—? (*A knock is heard at the outer door.*)

---

142) seductive: 유혹하는, 매혹적인.

노라 그래요, 그러길 바래요.

헬머 그래, 나의 사랑하는 노라. 당신 아시오, 내가 이처럼 당신과 파
티에 나가게 되면, 왜 내가 당신에게 별로 말도 하지 않고, 당신
으로부터 떨어져 있거나, 가끔씩 당신이 있는 쪽으로 훔쳐보는
듯한 눈길을 주는지 말이오?―내가 왜 그러는지 당신은 알고
있소? 그건 왜냐하면 내 스스로 우리가 은밀하게 사랑에 빠져있
다고 가장하기 때문이오. 그리고 당신은 나의 남몰래 약속한 신
부이고, 우리들 사이에 무슨 일이 있다고 의심하는 사람은 아무
도 없다고 말이오.

노라 그래요, 그래―. 저는 당신의 생각이 항상 저와 함께 있다는 것
을 잘 알고 있어요.

헬머 그리고 우리가 떠날 땐, 나는 당신의 아름다운 젊은 어깨 위에
숄을 둘러주고―당신의 아름다운 목에 말이오―. 그리고 난 상
상하오, 당신은 나의 젊은 신부인데 우리가 막 결혼식을 끝내고
돌아왔으며, 난 처음으로 당신을 우리 집으로 데려온다고 말이오
―. 처음으로 당신과 홀로 있게 되는 것이오―. 나의 부끄러워하
는 작은 사랑과 단 둘이 말이오! 오늘 밤 내내 나는 당신만을 갈
망해 왔소. 타란텔라를 추는 그 매혹적인 모습을 보았을 때, 내
피는 불길에 휩싸였다오. 나는 더 이상 그것을 참을 수가 없었소.
그래서 내가 당신을 그렇게 빨리 데리고 내려온 것이라오―.

노라 저리 가세요, 토발드! 절 내버려두셔야 되요. 저는 않을―

헬머 그게 무슨 말이오? 당신 농담하고 있는 거요, 나의 귀여운 노라!
당신은 않는―당신은 않는다니? 내가 당신의 남편이 아니오―?
(바깥 문에서 노크소리가 들린다.)

NORA   (*starting*)

Did you hear—?

HELMER   (*going into the hall*)

Who is it?

RANK   (*outside*)

It is I. May I come in for a moment?

HELMER   (*in a fretful[143] whisper*)

Oh, what does he want now? (*Aloud.*) Wait a minute!
(*Unlocks the door.*) Come, that's kind of you not to pass by our
door.

RANK   I thought I heard your voice, and felt as if I should like to
look in. (*With a swift glance round.*) Ah, yes!— these dear
familiar rooms. You are very happy and cosy in here, you
two.

HELMER   It seems to me that you looked after yourself pretty well
upstairs too.

RANK   Excellently. Why shouldn't I? Why shouldn't one enjoy
everything in this world?—at any rate as much as one can,
and as long as one can. The wine was capital—

HELMER   Especially the champagne.

RANK   So you noticed that too? It is almost incredible how much
I managed to put away[144]!

NORA   Torvald drank a great deal of champagne tonight too.

RANK   Did he?

---

143) fretful: 화 잘 내는, 까다로운.

144) put away: 먹어치우다.

노라　(깜짝 놀라며)

　　들으셨어요－?

헬머　(현관쪽으로 가며)

　　누구세요?

랭크　(바깥에서)

　　날세. 잠깐 들어가도 되겠나?

헬머　(작은 소리로 화를 내면서)

　　오, 그가 지금 무슨 볼일이야? (큰 목소리로) 잠깐만! (문을 연다.) 들어오게, 우리 집을 그냥 지나쳐 버리지 않다니 참 친절하군.

랭크　자네 목소리를 들은 것 같아, 그래서 들여다보고 싶어졌어. (재빨리 주변을 한 번 둘러보고) 아, 맞아!－이 사랑스러운 친근한 방들. 당신들 둘은 여기에서 아주 행복하고 안락해 보여.

헬머　자네도 또한 위층에서 아주 좋아보이더구만.

랭크　훌륭했네. 내가 그러지 않아야 할 이유도 없지 않은가? 이 세상에서 사람이 모든 것을 즐기지 말아야 할 이유라도 있는가?－어쨌든 할 수 있는 한 많이 말일세, 그리고 할 수 있는 동안 말이야. 포도주가 최고였어－.

헬머　특별히 샴페인이 좋았네.

랭크　자네도 그걸 눈치 챘군. 내가 얼마나 많이 마셔버렸는지 도무지 믿기 어려울 정도네.

노라　토발드도 오늘 밤 샴페인을 아주 많이 마셨어요.

랭크　그랬었나요?

NORA   Yes, and he is always in such good spirits afterwards.

RANK   Well, why should one not enjoy a merry evening after a
          well-spent day?

HELMER   Well spent? I am afraid I can't take credit for that.

RANK   (*clapping him on the back*) But I can, you know!

NORA   Doctor Rank, you must have been occupied with some
          scientific investigation today.

RANK   Exactly.

HELMER   Just listen! — little Nora talking about scientific investigations!

NORA   And may I congratulate you on the result?

RANK   Indeed you may.

NORA   Was it favourable, then?

RANK   The best possible, for both doctor and patient — certainty.

NORA   (*quickly and searchingly*) Certainty?

RANK   Absolute certainty. So wasn't I entitled to make a merry
          evening of it after that?

NORA   Yes, you certainly were, Doctor Rank.

HELMER   I think so too, so long as you don't have to pay for it in
          the morning.

RANK   Oh well, one can't have anything in this life without
          paying for it.

NORA   Doctor Rank — are you fond of fancy-dress balls?

노라 그래요, 그리고 그는 항상 그 뒤에 기분 좋아해요.

랭크 그렇소, 하루를 잘 보낸 다음에 즐거운 저녁시간을 즐기지 않을 이유라도 있는 거요?

헬머 잘 보냈다고? 나는 그 말을 신용할 수 없네.

랭크 (그의 등을 두드리면서) 그런데 알다시피, 나는 그럴 수 있지!

노라 랭크 박사님, 당신은 오늘 어떤 과학적인 탐구에 열중하셨음에 틀림없어요.

랭크 정확히 맞췄소.

헬머 들어 보게! ─작은 노라가 과학적인 탐구에 대해서 이야기하다니!

노라 그러면 제가 그 결과에 대해서 축하드려도 될까요?

랭크 정말로 그래도 좋소.

노라 그러면, 결과가 좋았나요?

랭크 의사나 환자 둘 다에게 가능한 최상의 것이었소─. 확실함 말이요.

노라 (재빨리 그리고 뚫어져라 바라보며) 확실함이라구요?

랭크 절대적인 확실함이오. 그래서 그 일 이후에 확실함을 얻게 되었으니 즐거운 저녁을 보낼만한 자격을 갖춘 셈이 아니었겠소?

노라 그래요, 분명히 그러시죠, 랭크 박사님.

헬머 나도 그렇게 생각하오, 당신이 아침에 그 값을 지불할 필요가 없다면 말이오.

랭크 오, 이생에서는 지불하지 않고 어떤 것도 가질 수가 없어요.

노라 랭크 박사님, 가장 무도회를 좋아하세요?

RANK   Yes, if there is a fine lot of pretty costumes.

NORA   Tell me—what shall we two wear at the next?

HELMER   Little feather-brain[145]!—are you thinking of the next
            already?

RANK   We two? Yes, I can tell you. You shall go as a good fairy—

HELMER   Yes, but what do you suggest as an appropriate costume for
            that?

RANK   Let your wife go dressed just as she is in everyday life.

HELMER   That was really very prettily turned[146]. But can't you tell
            us what you will be?

RANK   Yes, my dear friend, I have quite made up my mind about
            that.

HELMER   Well?

RANK   At the next fancy-dress ball I shall be invisible.

HELMER   That's a good joke!

RANK   There is a big black hat—have you never heard of hats
            that make you invisible? If you put one on, no one can see
            you.

HELMER   (*suppressing a smile*)
            Yes, you are quite right.

RANK   But I am clean forgetting what I came for. Helmer, give
            me a cigar—one of the dark Havanas.

HELMER   With the greatest pleasure. (*Offers him his case.*)

---

145) feather-brain: 경솔한 사람, 멍청이.
146) turned: 말투가 ~ ~한.

랭크   그렇소, 만약에 수많은 예쁜 의상들이 있다면 말이오.

노라   말씀해 주세요. ─우리 두 사람이 다음 번엔 뭘 입어야 할까요?

헬머   이 작은 바보같으니! ─다음 것을 벌써 생각하는 거요?

랭크   우리 두 사람 말이오? 그래, 이야기 해줄 수 있소. 당신은 착한
         요정이 되구려─.

헬머   그래, 하지만 그것에 적절한 의상을 제안해보시오?

랭크   당신 부인은 평상시의 옷을 그냥 입도록 하게.

헬머   그건 정말 아주 멋지게 말했군. 그런데 당신은 무엇으로 분할지
         우리에게 말해줄 수 있소?

랭크   그래, 내 사랑하는 친구여, 나는 그 점에 대해서 이미 마음을 먹
         고 있다네.

헬머   그러면?

랭크   다음 가장 무도회에서 나는 투명인간이 될 걸세.

헬머   그건 멋진 농담이군!

랭크   커다란 까만 모자가 있네─. 보이지 않게 만들어 주는 모자에
         대해서 결코 들어본 적이 없나? 한 개를 쓰면, 아무도 자네를
         볼 수가 없어.

헬머   (웃음을 참으며)
         그래, 자네 말이 맞아.

랭크   그런데 내가 왜 여기 왔는지 깜빡 잊어버렸군, 헬머, 내게 궐련
         하나 주게나─. 검정 하바나 말이야.

헬머   물론이고말고. (담배갑을 내민다.)

RANK   (*takes a cigar and cuts off the end*) Thanks.

NORA   (*striking a match*) Let me give you a light.

RANK   Thank you (*She holds the match for him to light his cigar.*) And now

goodbye!

HELMER   Goodbye, goodbye, dear old man!

NORA   Sleep well, Doctor Rank.

RANK   Thank you for that wish.

NORA   Wish me the same.

RANK   You? Well, if you want me to sleep well! And thanks for

the light. (*He nods to them both and goes out.*)

HELMER   (*in a subdued voice*)

He has drunk more than he ought.

NORA   (*absently*)

Maybe. (HELMER *takes a bunch of keys out of his pocket and goes into the

hall.*) Torvald! what are you going to do there?

HELMER   Emptying the letter-box; it is quite full; there will be no

room to put the newspaper in tomorrow morning.

NORA   Are you going to work tonight?

HELMER   You know quite well I'm not. What is this? Someone has

been at the lock.

NORA   At the lock—?

HELMER   Yes, someone has. What can it mean? I should never have

thought the maid—. Here is a broken hairpin. Nora, it is

one of yours.

랭크   (궐련을 받아서 끝을 자른다.) 고마워.

노라   (성냥을 그으면서) 제가 불을 붙여드릴게요.

랭크   고맙소. (그녀는 그가 궐련에 불을 붙이도록 성냥불을 들고 있다.) 이제 잘
        있게나!

헬머   잘 가게, 잘 가, 사랑하는 옛 친구야!

노라   안녕히 주무세요, 랭크 박사님.

랭크   그 말 고맙소.

노라   저에게도 같은 소원을 빌어주세요.

랭크   당신도? 그래요, 만약 당신이 내가 잠을 잘 자기를 원한다면! 담
        뱃불을 줘서 고마워요. (두 사람에게 끄떡하고 나간다.)

헬머   (낮춘 목소리로)
        필요 이상으로 마셨군.

노라   (멍한 채)
        그런가 봐요. (헬머는 주머니에서 한 무더기의 열쇠를 꺼내어 현관 쪽으로 간
        다.) 토발드! 거기서 뭐 하시려는 거예요?

헬머   편지함을 비우려고, 꽉 찼군, 내일 아침에 신문 넣을 곳도 없을
        거야.

노라   오늘밤에 일 하시게요?

헬머   그렇지 않다는 건 당신이 잘 알잖소. 이게 뭐지? 누군가 자물쇠
        에 손을 댔군.

노라   자물쇠예요─?

헬머   그래, 누군가가 그랬어. 그건 뭘 의미하는 걸까? 하녀가 그랬을
        거라곤 생각할 수 없어─. 여기 부러진 머리핀이 있군. 노라, 이
        건 당신 것 중의 하나야.

NORA   (*quickly*)

Then it must have been the children —

HELMER   Then you must get them out of those ways. There, at last
I have got it open. (*Takes out the contents of the letter-box, and calls to
the kitchen.*) Helen! — Helen, put out the light over the front
door. (*Goes back into the room and shuts the door into the hall. He holds out
his hand full of letters.*) Look at that — look what a heap of
them there are. (*Turning them over.*) What on earth is that?

NORA   (*at the window*)

The letter — No! Torvald, no!

HELMER   Two cards — of Rank's.

NORA   Of Doctor Rank's?

HELMER   (*looking at them*)

Doctor Rank. They were on the top. He must have put
them in when he went out.

NORA   Is there anything written on them?

HELMER   There is a black cross over the name. Look there — what
an uncomfortable idea! It looks as if he were announcing
his own death.

NORA   It is just what he is doing.

HELMER   What? Do you know anything about it? Has he said
anything to you?

NORA   Yes. He told me that when the cards came it would be his
leave-taking[147] from us. He means to shut himself up and
die.

---

147) leave-taking: 작별, 고별.

노라　(재빨리)

그러면 애들이었음에 틀림없어요―.

헬머　그렇다면 아이들이 그런 일을 하지 못하도록 하시오. 자, 마침내 이걸 열었군. (편지함의 내용물들을 꺼낸다, 그리고 부엌을 향해 소리친다.) 헬렌!―헬렌, 앞문 위의 불을 끄도록 해. (방으로 돌아가서 거실 쪽의 문을 닫는다. 편지가 가득 들어있는 그의 손을 내민다.) 자, 이걸 봐―. 얼마나 많은 편지 뭉치가 있는지 봐. (뒤적이면서) 이건 도대체 뭐지?

노라　(창문가에서)

편지―. 안돼요! 토발드, 안돼요!

헬머　두 장의 카드가―랭크에게서.

노라　랭크 박사님의?

헬머　(카드를 바라보며)

랭크 박사 말이오. 맨 위에 있어. 나갈 때 카드를 넣은 게 틀림없어.

노라　카드 위에 뭐라고 쓰여져 있나요?

헬머　이름 위에 검정 십자가가 있군. 여길 봐―썩 편치 않은 생각이군! 마치 자기 자신의 죽음을 공표하는 듯 싶어.

노라　바로 그거예요.

헬머　뭐라고? 그것에 대해서 뭘 알고 있소? 당신에게 무슨 말이라도 한 거요?

노라　예, 카드가 도착하면 그것은 우리에게 작별 인사하는 것이라고 했어요. 그는 스스로를 유폐하고 죽으려고 해요.

HELMER   My poor old friend! Certainly I knew we should not have him very long with us. But so soon! And so he hides himself away like a wounded animal.

NORA   If it has to happen, it is best it should be without a word—don't you think so, Torvald?

HELMER   (*walking up and down*)

He had so grown into our lives. I can't think of him as having gone out of them. He, with his sufferings and his loneliness, was like a cloudy background to our sunlit happiness. Well, perhaps it is best so. For him, anyway. (*Standing still.*) And perhaps for us too, Nora. We two are thrown quite upon each other now. (*Puts his arms round her.*) My darling wife, I don't feel as if I could hold you tight enough. Do you know, Nora, I have often wished that you might be threatened by some great danger, so that I might risk[148] my life's blood, and everything, for your sake.

NORA   (*disengages herself, and says firmly and decidedly*)

Now you must read your letters, Torvald.

HELMER   No, no; not tonight. I want to be with you, my darling wife.

NORA   With the thought of your friend's death—

HELMER   You are right, it has affected us both. Something ugly has come between us—the thought of the horrors of death. We must try and rid our minds of that. Until then—we will each go to our own room.

---

148) risk: 위험, 손해, 위태롭게 하다, 감히 ~ 하다.

헬머 내 불쌍한 늙은 친구! 분명히 나는 그가 우리와 함께 오래 있지는 않을 거라고 생각했어. 그렇지만 이렇게 빨리! 그래서 마치 상처 입은 동물처럼 자기를 감추려 드는구만.

노라 만약 그 일이 발생한다면, 한 마디 말도 없는 편이 가장 좋아요ー. 그렇게 생각하지 않으세요, 토발드?

헬머 (위 아래로 걸으면서)

그는 우리 삶에 그토록 배어들었소. 나는 그가 우리 삶에서 나간다는 것을 생각할 수가 없구료. 그의 고통과 그의 외로움, 그는 마치 우리의 햇빛 비친 행복에 구름 낀 배경과도 같았소. 그래, 아마도 그런 식이 가장 좋아. 어쨌거나, 그에게 있어선 말이야. (가만히 서서) 아마 우리를 위해서도 역시 마찬가지일 거야, 노라. 우리 두 사람은 이제 완전히 서로에게만 내던져진 바 되었어. (그녀의 몸에 팔을 감싼다.) 내 사랑하는 부인, 내가 당신을 충분히 꼭 안을 수 있을지 모르겠소. 당신은 아시오, 노라, 나는 가끔씩 당신이 어떤 커다란 위험에 처하기를 바랬소. 그래서 내가 내 생명의 피와 모든 것을, 당신을 위해서 감수할 수 있게 되도록 말이오.

노라 (포옹을 풀면서, 단호하고 결정적으로 말한다.)

토발드, 이제 편지를 읽으세요.

헬머 아니, 아니, 오늘밤은 아니요. 사랑하는 여보, 나는 당신과 함께 있고 싶소.

노라 당신 친구의 죽음을 생각하면서 말이에요ー.

헬머 당신 말이 맞소, 그 일은 우리 두 사람에게 영향을 주었군. 어떤 흉칙한 것이 우리 둘 사이에 들어왔소. 죽음의 공포에 대한 생각 말이오. 우리는 마음속에서 그것을 없애도록 노력해야 하오. 그 때까지는ー우리는 각자 자신의 방으로 갑시다.

NORA	(*hanging on his neck*).

Goodnight, Torvald — Goodnight!

HELMER	(*kissing her on the forehead*)

Goodnight, my little singing-bird. Sleep sound, Nora. Now I will read my letters through. (*He takes his letters and goes into his room, shutting the door after him.*)

NORA	(*gropes*[149] *distractedly*[150] *about, seizes HELMER'S domino, throws it round her, while she says in quick, hoarse, spasmodic*[151] *whispers*).

Never to see him again. Never! Never! (*Puts her shawl over her head.*) Never to see my children again either — never again. Never! Never! — Ah! the icy, black water — the unfathomable[152] depths — If only it were over! He has got it now — now he is reading it. Goodbye, Torvald and my children! (*She is about to rush out through the hall, when HELMER opens his door hurriedly and stands with an open letter in his hand.*)

HELMER	Nora!
NORA	Ah! —
HELMER	What is this? Do you know what is in this letter?
NORA	Yes, I know. Let me go! Let me get out!

HELMER	(*holding her back*)

Where are you going?

NORA	(*trying to get free*)

You shan't save me, Torvald!

---

149) grope: 손으로 더듬다, 모색하다.
150) distractedly: 미친 듯이, 심란하게.
151) spasmodic: 경련성의, 발작의, 발작적인.
152) unfathomable: 측량할 수 없는, 헤아릴 수 없는.

노라   (그의 목에 매달리면서)

       잘 자요, 토발드—안녕!

헬머   (이마에 키스하며)

       잘 자구려, 내 작은 노래하는 새여. 잘 자요, 노라. 이제 난 편지
       나 읽겠소. (편지를 들고 자기 방으로 들어간다, 문을 닫으면서)

노라   (산만하게 더듬어 찾는다. 헬머의 가면을 쥐고, 아무렇게나 걸친다. 한편, 빠르고
       거칠게 경련이 인 듯한 목소리로 속삭이듯 말한다.)

       다시는 그를 볼 수 없어. 결코! 결코! —(머리 위에 숄을 쓴다.) 내 아
       이들도 다시는 볼 수 없어. 다시는, 결코! 결코! 아! 차가운, 까
       만 물—. 깊이를 잴 수 없는 깊숙한 곳—. 단지 이 모든 것이
       끝나버렸으면! 그가 이제 편지를 가졌으니—이제 읽고 있을 거
       야. 안녕, 토발드 그리고 내 아이들아! (그녀가 거실쪽으로 달려나가
       려고 한다. 그 때 헬머가 급히 문을 열고 손에 편지를 펼쳐들고 선다.)

헬머   노라!

노라   아! —

헬머   이게 뭐요? 이 편지의 내용을 알고 있소?

노라   예, 알고 있어요. 절 내버려두세요! 절 나가게 해주세요!

헬머   (그녀를 붙들고)

       어딜 가려는 거요?

노라   (빠져나가려고 하면서)

       절 구하려고 하지 마세요, 토발드!

HELMER   (*reeling*)

True? Is this true, that I read here? Horrible! No, no—it is

impossible that it can be true.

NORA   It is true. I have loved you above everything else in the

world.

HELMER   Oh, don't let us have any silly excuses.

NORA   (*taking a step towards him*)

Torvald—!

HELMER   Miserable creature—what have you done?

NORA   Let me go. You shall not suffer for my sake. You shall not

take it upon yourself.

HELMER   No tragic airs, please. (*Locks the hall door.*) Here you shall stay

and give me an explanation. Do you understand what you

have done? Answer me! Do you understand what you have

done?

NORA   (*looks steadily at him and says with a growing look of coldness in her face*).

Yes, now I am beginning to understand thoroughly[153].

HELMER   (*walking about the room*)

What a horrible awakening! All these eight years—she

who was my joy and pride—a hypocrite, a liar—worse,

worse—a criminal! The unutterable ugliness of it all!—For

shame! For shame! (*NORA is silent and looks steadily at him. He stops

in front of her.*) I ought to have suspected that something of

the sort would happen. I ought to have foreseen it. All

---

153) thoroughly: 완전히, 철저히, 철미하게.

헬머   (비틀거리면서)

정말이오? 내가 여기서 읽은 것이, 정말이오? 끔찍해! 아니오,
아니야―. 이게 사실일 리가 없어.

노라   사실이에요. 저는 세상에서 무엇보다도 당신을 사랑했어요.

헬머   오, 이런 바보 같은 변명은 하지 않도록 합시다.

노라   (그에게 한 발 더 다가서면서)

토발드! ―

헬머   비참한 피조물―당신 무슨 짓을 한 거요?

노라   절 가게 해주세요. 저 때문에 고통받으셔서는 안 돼요. 당신 자
신이 그것을 뒤집어쓰면 안 돼요.

헬머   비극적인 태도는 취하지 맙시다, 제발. (거실 문을 잠근다.) 당신은
여기 머무르면서 나에게 설명을 해야 하오. 당신이 무슨 일을
했는지 알고 있소? 답변하시오! 당신이 무슨 일을 했는지 이해
하고 있소?

노라   (그를 똑바로 쳐다보고 점점 얼굴에 차가운 표정을 지으면서 말한다.)

그래요, 이제 저는 철저히 이해하기 시작했어요.

헬머   (방을 거닐면서)

이 무슨 끔찍한 깨달음이란 말이냐! 이 8년의 세월동안―나의
기쁨이자 자랑이었던 그녀가―위선자이고, 거짓말쟁이며, ―더
나쁜, 더 나쁜―범죄인이라니! 말로 표현할 수 없는 그 추함이
라니!―창피스러워! 창피스러워! (노라는 조용히 그를 꾸준히 쳐다본다.
그가 그녀 앞에 멈춘다.) 난 이런 종류의 어떤 일이 발생할 거라고 의
심했어야 했는데. 나는 그것을 미리 예견했었어야 했어. 당신

your father's want of principle—be silent!—all your father's want of principle has come out in you. No religion, no morality, no sense of duty—. How I am punished for having winked at what he did! I did it for your sake, and this is how you repay me.

NORA Yes, that's just it.

HELMER Now you have destroyed all my happiness. You have ruined all my future. It is horrible to think of! I am in the power of an unscrupulous man; he can do what he likes with me, ask anything he likes of me, give me any orders he pleases—I dare not refuse. And I must sink to such miserable depths because of a thoughtless woman!

NORA When I am out of the way, you will be free.

HELMER No fine speeches, please. Your father had always plenty of those ready, too. What good would it be to me if you were out of the way, as you say? Not the slightest. He can make the affair known everywhere; and if he does, I may be falsely suspected of having been a party to your criminal action. Very likely people will think I was behind it all— that it was I who prompted[154] you! And I have to thank you for all this—you whom I have cherished during the whole of our married life. Do you understand now what it is you have done for me?

---

154) prompt: 재촉하다, 후견하다, 자극하다, 즉석의, 신속한.

아버지의 모든 무원칙이 — 조용히 해! — 당신 아버지의 모든 원칙 없음이 당신에게서 들어 나고야 말았어. 종교도 없고, 도덕도 없고, 의무감도 없어 —. 그가 한 일을 눈감아 준 것 때문에 내가 이런 처벌을 받아야 하다니! 난 당신 때문에 그 일을 했소. 그리고 당신은 이렇게 나에게 되 갚아 주는 것이오?

노라 예, 그래요.

헬머 이제 당신은 나의 모든 행복을 파괴해 버렸소. 내 미래도 망가뜨렸소. 생각만 해도 정말 끔찍하오! 나는 비양심적인 사람의 손아귀에 잡혔소. 그는 나를 자기가 하고 싶은 대로 할 수 있을 거요. 나에게 원하는 것은 아무거나 요청할 수 있고, 나에게 그가 원하는 명령을 내릴 수도 있소 —. 나는 감히 거절하지 못할 거요. 생각 없는 여자 때문에 이렇게 비참한 나락에까지 떨어져야 한다니!

노라 제가 비켜서면, 당신은 자유로워질 거예요.

헬머 제발, 멋진 연설은 그만 두시오. 당신 아버지가 항상 그런 것들을 또한 준비해 두고 있었소. 당신이 말하는 것처럼, 당신이 사라져 버린다 해도 그게 나에게 무슨 소용이란 말이오. 조금도 이득이 되지 못하오. 그는 이 일을 모든 곳에 알릴 거요. 그리고 만약 그렇게 한다면, 나는 당신의 범죄행위에 동반자였다고 아마 잘못 의심받을 거요. 아마도 사람들은 내가 그 모든 일의 뒤에 있었다고 생각하게 될 거요 —. 당신을 충동질 한 것이 바로 나였다고 말하게 될 거요! 이 모든 일에 대해서 당신에게 감사해야 하겠지 —. 우리 모든 결혼생활 동안 내가 소중히 여겼던 당신에게 말이오. 이제 당신이 나에게 행한 것이 무엇인지 알겠소?

| NORA | (*coldly and quietly*) |
| | Yes. |

HELMER   It is so incredible that I can't take it in[155]. But we must come to some understanding. Take off that shawl. Take it off, I tell you. I must try and appease him some way or another. The matter must be hushed up at any cost. And as for you and me, it must appear as if everything between us were just as before—but naturally only in the eyes of the world. You will still remain in my house, that is a matter of course. But I shall not allow you to bring up the children; I dare not trust them to you. To think that I should be obliged to say so to one whom I have loved so dearly, and whom I still—. No, that is all over. From this moment happiness is not the question; all that concerns us is to save the remains, the fragments, the appearance—
(*A ring is heard at the front-door bell.*)

HELMER   (*with a start*)
What is that? So late! Can the worst—? Can he—? Hide yourself, Nora. Say you are ill.
(*NORA stands motionless. HELMER goes and unlocks the hall door.*)

MAID   (*half-dressed, comes to the door*)
A letter for the mistress.

HELMER   Give it to me. (*Takes the letter, and shuts the door.*) Yes, it is from him. You shall not have it; I will read it myself.

---

155) take ~ ~ in: 이체하다.

노라 (차갑고 조용하게)

    네.

헬머 이건 정말 믿을 수가 없어서 내가 이해할 수가 없구려. 하지만
    뭔가 이해를 도모해야겠소. 그 숄을 벗으시오. 벗으라고 내가
    말하지 않소. 내가 이런저런 방법으로 그를 구슬리도록 해보겠
    소. 어떤 대가를 지불하더라도 이 일은 비밀리에 끝내야 되오.
    그리고 당신과 나는 마치 우리들 사이에 모든 일이 예전과 똑같
    은 것처럼 해야 하오ㅡ. 물론 당연히 세상 사람들의 눈앞에서
    만 말이오. 당연히 당신은 내 집에 여전히 머무르게 될 것이오.
    그러나 나는 당신이 아이들을 양육하도록 허용하지 않겠소. 나
    는 그들을 당신에게 믿고 맡길 수가 없소. 내가 그토록이나 사
    랑하고 아직도 사랑하고 있는 사람에게 이렇게 말할 수밖에 없
    다고 생각하니ㅡ. 아니오, 그건 모두 끝났소. 이 순간부터 행복
    은 문제가 아니오. 우리들에게 중요한 것은 남아있는 것, 파편,
    외양을 구하는 것이오ㅡ

    (현관의 종소리가 울린다.)

헬머 (놀라서)

    이건 뭐지? 이렇게 늦게! 최악의 일이ㅡ? 그가ㅡ? 노라, 몸을
    숨겨요. 아프다고 얘기하시오.

    (노라는 꼼짝없이 서 있다. 헬머가 가서 거실 문을 연다.)

하녀 (반쯤 옷을 입고 문으로 다가온다.)

    마님에게 편지예요.

헬머 그걸 내게 줘. (편지를 받고 문을 닫는다.) 그래, 그가 보낸 편지야. 당
    신에게 줄 수 없어. 내가 읽을 거야.

NORA   Yes, read it.

HELMER   (*standing by the lamp*)

I scarcely[156] have the courage to do it. It may mean ruin for both of us. No, I must know. (*Tears open the letter, runs his eye over a few lines, looks at a paper enclosed, and gives a shout of joy.*) Nora! (*She looks at him questioningly.*) Nora! —No, I must read it once again—. Yes, it is true! I am saved! Nora, I am saved!

NORA   And I?

HELMER   You too, of course; we are both saved, both you and I. Look, he sends you your bond back. He says he regrets and repents— that a happy change in his life—never mind what he says! We are saved, Nora! No one can do anything to you. Oh, Nora, Nora!—no, first I must destroy these hateful things. Let me see—. (*Takes a look at the bond.*) No, no, I won't look at it. The whole thing shall be nothing but a bad dream to me. (*Tears up the bond and both letters, throws them all into the stove, and watches them burn.*) There— now it doesn't exist any longer. He says that since Christmas Eve you—. These must have been three dreadful days for you, Nora.

NORA   I have fought a hard fight these three days.

HELMER   And suffered agonies[157], and seen no way out but—. No, we won't call any of the horrors to mind. We will only

---

156) scarcely: 겨우, 간신히, 가까스로, 거의 ~~ 않다. 설마 단연코 ~~ 아니다.
157) agony: 고통, 고뇌.

노라　　그래요, 읽으세요.

헬머　　(램프 불 옆에 서서)

난 읽을 용기가 나질 않아. 우리 두 사람에게 파멸을 의미하는 편지일거야. 아니야, 내가 알아야 해. (편지를 뜯는다. 몇 줄을 눈으로 읽고, 동봉된 서류를 바라본다. 그리고 기쁨의 외침을 내지른다) 노라! (그녀는 그를 의아한 듯이 바라본다.) 노라! ―아니야, 다시 한 번 읽어 보아야 해―. 그래, 맞아! 난 살았어! 노라, 난 살았어!

노라　　저는요?

헬머　　물론, 당신도지, 우리 둘 다 살았어. 당신과 나 말이야. 여기 봐. 그가 당신의 증서를 돌려보냈어. 그가 후회하고 회개한다고 말하고 있어―. 그의 인생의 행복한 변화가―그가 하는 말은 신경 쓸 필요가 없지! 우린 살았어, 노라! 아무도 당신에게 어떤 일을 할 수 없어. 오, 노라, 노라! ―아니, 먼저 이 가증스러운 것들을 없애버려야 해. 자―(증서를 바라본다.) 아니야, 아니야. 난 그걸 보지 않을 테다. 이 모든 것은 단지 나에겐 악몽과 같은 것이야. (증서와 두 통의 편지를 찢어서, 난로 안에 모두 던져 넣는다. 그리고 불타는 모습을 바라본다.) 저기―이제 더 이상 그건 존재하지 않아. 그가 말하길 크리스마스 이브 이래로 당신이―. 노라, 당신에겐 이 3일 동안이 정말 끔찍한 날들이었겠구려.

노라　　저는 이 3일 동안 정말 힘든 싸움을 했어요.

헬머　　그리고 고통을 겪었지. 빠져나갈 길도 보이지 않고 단지―. 아니야, 끔찍스러운 것은 어떤 것도 생각하지 않겠어. 우린 단지

shout with joy, and keep saying, "It's all over! It's all over!" Listen to me, Nora. You don't seem to realise that it is all over. What is this?—such a cold, set face! My poor little Nora, I quite understand; you don't feel as if you could believe that I have forgiven you. But it is true, Nora, I swear it; I have forgiven you everything. I know that what you did, you did out of love for me.

NORA   That is true.

HELMER   You have loved me as a wife ought to love her husband. Only you had not sufficient knowledge to judge of the means you used. But do you suppose you are any the less dear to me, because you don't understand how to act on your own responsibility? No, no; only lean on me; I will advise you and direct you. I should not be a man if this womanly helplessness did not just give you a double attractiveness in my eyes. You must not think anymore about the hard things I said in my first moment of consternation[158], when I thought everything was going to overwhelm me. I have forgiven you, Nora; I swear to you I have forgiven you.

NORA   Thank you for your forgiveness. (*She goes out through the door to the right.*)

HELMER   No, don't go—. (*Looks in.*) What are you doing in there?

---

158) consternation: 대단한 놀람, 경악.

기뻐서 소리치고, "모든 게 끝났어! 모든 게 끝났어!" 라고만 계속해서 외칠 거야. 내 말을 들어요, 노라. 모든 것이 끝났다는 것을 당신이 깨닫지 못하는 것처럼 보여. 왜 그래? 그렇게 차갑고, 굳은 얼굴은! 내 불쌍한 작은 노라, 난 잘 이해해. 내가 당신을 용서했다는 것을 마치 당신은 믿을 수 없어 하는 것처럼 보이오. 그렇지만 노라, 내가 맹세하건대, 그건 사실이오. 나는 모든 것을 용서했소. 당신이 했던 것은 나에 대한 사랑 때문이었다는 것을 난 알고 있소.

노라　그건 사실이에요.

헬머　당신은 나를 사랑해왔소. 나에 대한 당신의 사랑은 아내가 당연히 자신의 남편을 사랑해야 하는 것과 같은 것이었소. 단지 당신은 사용했던 수단을 판단할 만한 충분한 지식이 없었을 뿐이오. 그렇지만 당신 자신의 책임에 따라 행동하는 방법을 이해하지 못한다 해서, 당신이 내게 덜 소중할 거라고 생각하오? 아니오, 그렇지 않소. 나에게만 의지하시오. 내가 당신에게 조언하고 당신을 이끌어 주겠소. 만약 이 여성적인 무력함이 내 눈에 당신을 두 배나 더 매력적으로 만들지 않는다면 난 사나이가 아닌 셈이오. 모든 것이 나를 압사해 버릴 거라고 생각했던 바로 그 첫 경악의 순간에 내뱉은 심한 말들은 더 이상 마음에 두지 마시오. 노라, 난 당신을 용서했소. 내가 당신을 용서한 것을 맹세하겠소, 노라.

노라　용서해 주셔서 감사해요. (그녀는 오른쪽 문으로 나간다.)

헬머　아니, 가지 마시오. (들여다본다.) 그 안에서 뭘 하는 거요?

NORA   (*from within*)

Taking off my fancy dress.

HELMER   (*standing at the open door*)

Yes, do. Try and calm yourself, and make your mind easy again, my frightened little singing-bird. Be at rest, and feel secure; I have broad wings to shelter you under. (*Walks up and down by the door.*) How warm and cosy our home is, NORA. Here is shelter for you; here I will protect you like a hunted dove that I have saved from a hawk's claws; I will bring peace to your poor beating heart. It will come, little by little, Nora, believe me. Tomorrow morning you will look upon it all quite differently; soon everything will be just as it was before. Very soon you won't need me to assure you that I have forgiven you; you will yourself feel the certainty that I have done so. Can you suppose I should ever think of such a thing as repudiating[159] you, or even reproaching you? You have no idea what a true man's heart is like, Nora. There is something so indescribably sweet and satisfying, to a man, in the knowledge that he has forgiven his wife — forgiven her freely, and with all his heart. It seems as if that had made her, as it were, doubly his own; he has given her a new life, so to speak; and she has in a way become both wife and child to him. So you shall be for me after this, my

---

159) repudiate: 거절하다. 인연을 끊다, 거부하다.

노라　(안에서)

무도회 옷을 벗고 있어요.

헬머　(열린 문에 서서)

그래, 그렇게 하시오. 당신을 진정시키려고 노력하시오. 마음을
편히 먹도록 해요. 나의 겁먹은 작은 노래하는 새여. 쉬도록 해
요, 그리고 안심하고 말이오. 난 당신을 보호할 수 있는 넓은 날
개를 가지고 있다오. (문 옆에서 위 아래로 걷는다.) 우리 집은 얼마나
따뜻하고 안락한지, 노라. 여기 당신의 보금자리가 있소. 내가
매 발톱으로부터 구출해 낸 사냥에 쫓기던 비둘기 같은 당신을
여기서 보호하겠소. 당신의 가련한 뛰는 가슴에 평화를 가져다
주겠소. 그것은 조금씩, 조금씩 찾아 올 거요. 노라, 내 말을 믿
어주오. 내일 아침에 당신은 그것을 아주 달리 보게 될 것이오.
금세 모든 것은 예전과 똑같이 될 것이오. 얼마 있지 않아 내가
당신을 용서했다는 사실을 당신에게 확신시켜 줄 필요가 없게
될 거요. 내가 용서했다고 하는 확신을 당신 스스로 느끼게 될
것이오. 내가 당신과의 관계를 끊거나, 심지어 당신을 나무라는
것과 같은 일을 생각할 것이라고 여기시오? 당신은 진짜 남자의
마음이 어떤 것인지 알지 못하오, 노라. 남자에게는, 묘사할 수
없을 만큼 감미롭고 만족스러운 어떤 것이 있다오. 그가 자신의
아내를 아무 조건 없이, 온 마음을 다하여 용서했다는 사실을
알고 있을 때 말이오. 그건 마치 아내를, 이를테면, 두 배로 자
신의 것으로 만든 것과 같은 거요. 말하자면, 그녀에게 새로운
생명을 부여한 거요. 그녀는 한편으론 아내이면서 동시에 아이
가 된 것이오. 이 일 이후에 당신은 나에게 그와 같은 사람이

little scared, helpless darling. Have no anxiety about anything, Nora; only be frank and open with me, and I will serve as will and conscience both to you —. What is this? Not gone to bed? Have you changed your things?

NORA (*in everyday dress*)

Yes, Torvald, I have changed my things now.

HELMER But what for? — so late as this.

NORA I shall not sleep tonight.

HELMER But, my dear Nora —

NORA (*looking at her watch*)

It is not so very late. Sit down here, Torvald. You and I have much to say to one another. (*She sits down at one side of the table.*)

HELMER Nora — what is this? — this cold, set face?

NORA Sit down. It will take some time; I have a lot to talk over with you.

HELMER (*sits down at the opposite side of the table*)

You alarm me, Nora! — and I don't understand you.

NORA No, that is just it. You don't understand me, and I have never understood you either — before tonight. No, you mustn't interrupt me. You must simply listen to what I say. Torvald, this is a settling of accounts.

HELMER What do you mean by that?

NORA (*after a short silence*)

Isn't there one thing that strikes you as strange in our sitting here like this?

될 것이오. 나의 작은 놀라고 무력한 사랑이여. 노라, 어떤 것에 대해서도 걱정할 필요가 없소. 단지 나에게 정직하고 열린 태도로만 대해주오. 그러면 나는 당신에게 양심이자 의지로서 봉사하겠소―. 이건 뭐요? 아직 침실에 들지 않았소? 옷을 갈아입었소?

노라   (평상복을 입고)

그래요, 토발드. 이제 옷을 갈아입었어요.

헬머   그런데 뭣 때문에?―이처럼 늦은 시간에.

노라   오늘 밤 잠을 자지 않겠어요.

헬머   그런데, 나의 사랑하는 노라―

노라   (시계를 바라보면서)

그렇게 아주 늦지는 않았어요, 여기 앉으세요, 토발드. 당신과 저는 서로에게 할 말이 아주 많아요. (그녀는 탁자의 한 쪽에 앉는다.)

헬머   노라―이게 무슨 일이요?―이처럼 차갑고, 굳은 얼굴이라니?

노라   앉으세요, 시간이 좀 걸릴 거예요. 전 당신과 함께 할 말이 많아요.

헬머   (탁자의 반대편에 앉는다.)

날 놀라게 하는군, 노라!―난 당신을 이해할 수 없소.

노라   그래요! 그게 바로 그것이에요. 당신은 저를 이해하지 못해요, 저도―오늘 밤 전까지 당신을 결코 이해하지 못했어요. 아니에요, 제 말을 끊지 마세요. 제가 하는 말에 그냥 귀를 기울여 주세요. 토발드, 이건 셈을 하는 거예요.

헬머   그게 무슨 말이오?

노라   (약간의 짧은 침묵 후에)

여기 이처럼 우리가 앉아있는 것이 당신에게 이상하게 느껴지지 않으세요?

HELMER   What is that?

NORA   We have been married now eight years. Does it not occur to you that this is the first time we two, you and I, husband and wife, have had a serious conversation?

HELMER   What do you mean by serious?

NORA   In all these eight years—longer than that—from the very beginning of our acquaintance, we have never exchanged a word on any serious subject.

HELMER   Was it likely that I would be continually and forever telling you about worries that you could not help me to bear?

NORA   I am not speaking about business matters. I say that we have never sat down in earnest together to try and get at the bottom of anything[160].

HELMER   But, dearest Nora, would it have been any good to you?

NORA   That is just it; you have never understood me. I have been greatly wronged, Torvald—first by papa and then by you.

HELMER   What! By us two—by us two, who have loved you better than anyone else in the world?

NORA   (*shaking her head*)
You have never loved me. You have only thought it pleasant to be in love with me.

HELMER   Nora, what do I hear you saying?

---

160) the bottom of anything: 진상.

헬머　무슨 말이오?

노라　우리는 지금 8년 동안 결혼해 살고 있어요. 우리 두 사람이, 당신과 내가, 남편과 아내로서 진지한 대화를 한 것이 처음이라고 생각하지 않으세요?

헬머　진지하다니 무슨 말이오?

노라　이 모든 8년의 세월 동안―그보다 더 오래―우리가 처음 알게 된 때부터 말이에요, 우리는 진지한 주제에 대해서 한 마디도 생각을 교환하지 않았어요.

헬머　당신이 내가 견디는 것을 도울 수 없는 걱정거리에 대해서 당신에게 내가 끊임없이 그리고 영원히 말할 듯 싶소?

노라　저는 사업상의 일을 말하는 게 아니에요. 우리가 결코 한 번도 진지하게 마주 앉아서 어떤 일의 진상을 이해하려고 시도한 적이 없었다는 것을 말하는 거예요.

헬머　그런데, 진정 사랑하는 노라, 그 일이 당신에게 좋은 일이었을 것 같소?

노라　바로 그거예요. 당신은 저를 결코 이해하지 않았어요. 저는 정말로 부당한 대접을 받았어요, 토발드,―처음엔 아빠에게 그 다음에는 당신에게요.

헬머　뭐라구! 우리 둘에 의해서 말이요―. 우리 두 사람에 의해서, 세상에서 다른 누구보다도 더 당신을 사랑했던 우리 말이요?

노라　(머리를 흔들면서)
당신은 결코 저를 사랑하지 않았어요. 당신은 단지 저와 사랑에 빠져 있는 것이 기분 좋다고만 생각한 거예요.

헬머　노라, 내가 지금 무슨 말을 듣고 있는 거요?

NORA　It is perfectly true, Torvald. When I was at home with papa, he told me his opinion about everything, and so I had the same opinions; and if I differed from him I concealed the fact, because he would not have liked it. He called me his doll-child, and he played with me just as I used to play with my dolls. And when I came to live with you—

HELMER　What sort of an expression is that to use about our marriage?

NORA　(*undisturbed*)

I mean that I was simply transferred[161] from papa's hands into yours. You arranged everything according to your own taste, and so I got the same tastes as you, else I pretended to, I am really not quite sure which—I think sometimes the one and sometimes the other. When I look back on it, it seems to me as if I had been living here like a poor woman—just from hand to mouth. I have existed merely to perform tricks for you, Torvald. But you would have it so. You and papa have committed a great sin against me. It is your fault that I have made nothing of my life.

HELMER　How unreasonable and how ungrateful[162] you are, Nora! Have you not been happy here?

NORA　No, I have never been happy. I thought I was, but it has never really been so.

---

161) transfer: 이동시키다, 옮기다.
162) ungrateful: 은혜를 모르는, 보답할 줄 모르는.

노라　그건 완전히 사실이에요, 토발드. 제가 집에 아빠와 함께 있었을 때, 그는 모든 것에 대해서 당신의 의견을 말했어요. 그래서 저도 같은 의견을 갖게 되었죠. 만약 제가 아빠와 다른 생각이었다 해도, 저는 그 사실을 숨겼어요. 왜냐하면 아빠가 그것을 좋아하지 않을 것이었기 때문이에요. 그는 저를 자기의 인형 같은 아이라고 불렀어요. 제가 제 인형을 가지고 놀듯이 저를 가지고 놀았어요. 그리고 제가 당신과 함께 살게 되었을 때ー.

헬머　우리 결혼에 대해서 사용하고 있는 그 표현은 도대체 뭐란 말이요?

노라　(태연히)

저는 단지 아빠의 손에서 당신의 손으로 넘겨졌다고 하는 것을 의미하는 거예요. 당신 취향에 따라서 모든 것을 당신은 조정했고, 그래서 저는 당신과 똑같은 취미를 갖게 되었어요. 그렇지 않더라도 저는 그런 척 했지요. 저도 정말 어느 쪽이었는지 확신할 수가 없어요ー. 가끔씩은 처음 것이기도 했고 가끔씩은 다른 쪽 것이기도 했어요. 제가 그 사실을 돌이켜 본다면, 그건 마치 불쌍한 여인처럼ー여기서 겨우 연명하는 삶을 살았던 것처럼 느껴져요. 저는 단지 당신에게 재주를 피우기 위해서 존재해 왔어요, 토발드. 당신이 그렇게 하기를 원했지요. 당신과 아빠는 저에게 커다란 죄를 지은 셈이에요. 제 인생을 아무것도 아닌 것으로 만들어 버린 것은 당신의 잘못이에요.

헬머　정말 터무니없고 얼마나 배은망덕한지 모르겠소, 노라! 당신은 여기서 행복하지 않았소?

노라　그래요, 전 결코 행복하지 않았어요. 전 행복했다고 생각했지만, 사실은 그렇지 않았어요.

HELMER   Not—not happy!

NORA   No, only merry. And you have always been so kind to me. But our home has been nothing but a playroom. I have been your doll-wife, just as at home I was papa's doll-child; and here the children have been my dolls. I thought it great fun when you played with me, just as they thought it great fun when I played with them. That is what our marriage has been, Torvald.

HELMER   There is some truth in what you say—exaggerated[163] and strained as your view of it is. But for the future it shall be different. Playtime shall be over, and lesson-time shall begin.

NORA   Whose lessons? Mine, or the children's?

HELMER   Both yours and the children's, my darling Nora.

NORA   Alas, Torvald, you are not the man to educate me into being a proper wife for you.

HELMER   And you can say that!

NORA   And I—how am I fitted to bring up the children?

HELMER   Nora!

NORA   Didn't you say so yourself a little while ago—that you dare not trust me to bring them up?

HELMER   In a moment of anger! Why do you pay any heed to that?

NORA   Indeed, you were perfectly right. I am not fit for the task.

---

163) exaggerate: 과장하다.

헬머　아니라고ㅡ. 행복하지 않았다고!

노라　아니에요, 단지 즐겁다고나 할까요. 당신은 항상 저에게 친절했어요. 그렇지만 우리 가정은 단지 하나의 놀이터에 불과했어요. 저는 당신의 인형부인이었어요, 제가 어릴 때 집에서 아빠의 인형아이였던 것처럼 말이에요. 그리고 여기에선 아이들이 저의 인형이었어요. 당신이 저와 놀아주실 때 무척 재밌다고 생각했어요. 제가 아이들과 놀아줄 때 아이들이 재밌다고 생각하는 것처럼 말이에요. 이것이 우리 결혼생활이었어요, 토발드.

헬머　당신이 하는 말에 맞는 말도 있소. 비록 그것에 대한 당신의 견해가 과장되고 경직된 것이긴 하지만. 그렇지만 앞으론 달라질 거요. 노는 시간은 끝나고, 공부하는 시간이 시작될 거요.

노라　누가 공부하게 되나요? 전가요, 아니면 아이들인가요?

헬머　당신과 아이들 모두 다 배우게 될 거요, 나의 사랑하는 노라.

노라　맙소사, 토발드, 당신을 위해 적절한 아내가 되도록 저를 교육시킬 사람은 당신이 아니에요.

헬머　당신이 그런 말을 하다니!

노라　그리고 저는ㅡ제가 어떻게 아이들을 양육하기에 적절하겠어요?

헬머　노라!

노라　조금 전에 당신이 그렇게 말씀하시지 않으셨어요ㅡ. 당신은 감히 제가 아이들을 양육하는 것을 믿지 못하시겠다고요?

헬머　순간적으로 화가 나서 그랬지! 왜 그런 말에 신경을 쓰는 거요?

노라　정말, 당신이 완전히 옳았어요. 저는 그 일을 하기엔 맞지 않아

There is another task I must undertake first. I must try and educate myself—you are not the man to help me in that. I must do that for myself. And that is why I am going to leave you now.

HELMER   (*springing up*)
What do you say?

NORA   I must stand quite alone, if I am to understand myself and everything about me. It is for that reason that I cannot remain with you any longer.

HELMER   Nora, Nora!

NORA   I am going away from here now, at once. I am sure Christine will take me in for the night—

HELMER   You are out of your mind! I won't allow it! I forbid you!

NORA   It is no use forbidding me anything any longer. I will take with me what belongs to myself. I will take nothing from you, either now or later.

HELMER   What sort of madness is this!

NORA   Tomorrow I shall go home—I mean, to my old home. It will be easiest for me to find something to do there.

HELMER   You blind, foolish woman!

NORA   I must try and get some sense, Torvald.

HELMER   To desert your home, your husband and your children! And you don't consider what people will say!

요. 제가 먼저 해야 할 또 다른 일이 있어요. 제 자신을 시험하고 교육시켜야만 해요ㅡ. 당신이 그 일을 도와줄 수는 없어요. 그건 제 자신이 해야 할 일이에요. 그리고 그것 때문에 제가 지금 당신을 떠나려고 하는 거예요.

헬머 (벌떡 일어서며)
무슨 말을 하는 거요?

노라 저는 아주 홀로 서야만 돼요. 만약 제가 제 자신을 알고 저에 대한 모든 것을 이해하려고 한다면 말이에요. 바로 그 이유 때문에 제가 당신과 더 이상 함께 있을 수가 없는 거예요.

헬머 노라, 노라!

노라 저는 이제, 즉시 여기서 떠나겠어요. 크리스틴이 오늘 밤 저를 받아줄 것이라고 확신해요ㅡ.

헬머 당신 정신이 나갔구려! 난 그걸 허락할 수가 없소! 난 그걸 금지하오!

노라 이제 더 이상 저에게 어떤 것을 금지하는 것은 소용이 없어요. 저에게 속한 것은 제가 가지고 가겠어요. 지금이나 나중에나, 당신에게서는 아무것도 받지 않겠어요.

헬머 이 무슨 미친 짓이란 말이요!

노라 내일 저는 집에 가겠어요ㅡ. 제 옛날 집 말이에요. 거기서 제가 무슨 할 일을 찾기는 아주 수월할 거예요.

헬머 당신 맹목적이고, 어리석은 여인 같으니!

노라 저도 철이 들도록 노력해야 할 거예요, 토발드.

헬머 당신 가정을 버리고 당신 남편과 당신 아이들을 버리고 말이요! 당신은 사람들이 뭐라고 말할지는 생각도 않는구려!

NORA	I cannot consider that at all. I only know that it is necessary for me.
HELMER	It's shocking. This is how you would neglect your most sacred duties.
NORA	What do you consider my most sacred duties?
HELMER	Do I need to tell you that? Are they not your duties to your husband and your children?
NORA	I have other duties just as sacred.
HELMER	That you have not. What duties could those be?
NORA	Duties to myself.
HELMER	Before all else, you are a wife and a mother.
NORA	I don't believe that any longer. I believe that before all else I am a reasonable human being, just as you are — or, at all events, that I must try and become one. I know quite well, Torvald, that most people would think you right, and that views of that kind are to be found in books; but I can no longer content myself with what most people say, or with what is found in books. I must think over things for myself and get to understand them.
HELMER	Can you not understand your place in your own home? Have you not a reliable guide in such matters as that? — have you no religion?

노라　저는 그것을 전혀 생각할 수 없어요. 단지 이 일이 제게 필요하다는 것만은 알아요.

헬머　충격적인 일이야. 이런 식으로 당신은 당신의 신성한 의무를 져 버린단 말이요.

노라　저의 가장 신성한 의무가 무엇이라고 생각하세요?

헬머　내가 당신에게 그 말을 할 필요가 있을까? 당신 남편과 아이들에 대한 것이 당신의 신성한 의무가 아니겠소?

노라　저는 또 다른 신성한 의무가 있어요.

헬머　당신은 그런 의무가 없소. 도대체 무슨 다른 의무가 있을 수 있겠소?

노라　제 자신에 대한 의무 말이에요.

헬머　그 밖의 다른 무엇보다도, 당신은 아내이자 어머니요.

노라　저는 더 이상 그걸 믿지 않아요. 저는 다른 모든 것보다도 제가 이성적인 인간이라는 사실을 믿어요. 당신처럼 말이죠―. 아니면, 어떻게 해서라도, 제가 그런 사람이 되려고 노력해야만 해요. 저는 정말 잘 알아요, 토발드, 대부분의 사람들은 당신이 옳다고 생각한다는 것을요. 그리고 그런 종류의 생각들은 책에서도 찾아볼 수 있어요. 그렇지만 저는 대부분의 사람들이 하는 말이나, 책에서 찾아볼 수 있는 것으론 제 자신을 만족시킬 수 없어요. 제 자신이 직접 사물에 대해 생각을 해보고 그들을 이해하도록 노력해야 해요.

헬머　당신은 가정에서의 당신의 위치를 이해할 수 없다는 거요? 그와 같은 일에 믿을만한 인도자가 없단 말이요?―당신은 종교도 없소?

NORA   I am afraid, Torvald, I do not exactly know what religion is.

HELMER   What are you saying?

NORA   I know nothing but what the clergyman said, when I went to be confirmed. He told us that religion was this, and that, and the other. When I am away from all this, and am alone, I will look into that matter too. I will see if what the clergyman said is true, or at all events if it is true for me.

HELMER   This is unheard of in a girl of your age! But if religion cannot lead you aright, let me try and awaken your conscience. I suppose you have some moral sense? Or—answer me—am I to think you have none?

NORA   I assure you, Torvald, that is not an easy question to answer. I really don't know. The thing perplexes[164] me altogether. I only know that you and I look at it in quite a different light. I am learning, too, that the law is quite another thing from what I supposed; but I find it impossible to convince[165] myself that the law is right. According to it a woman has no right to spare her old dying father, or to save her husband's life. I can't believe that.

HELMER   You talk like a child. You don't understand the conditions of the world in which you live.

---

164) perplex: 당황하게 만들다, 복잡하게 만들다.
165) convince: 납득시키다.

노라　　미안해요, 토발드. 저는 종교가 정확하게 무엇인지 알지 못해요.

헬머　　무슨 말을 하는 거요?

노라　　저는 단지 제가 견진성사를 받으러 갔을 때, 목사님이 하신 말씀만 알아요. 그는 우리에게 종교는 이렇고, 저렇고, 또 다른 것들에 대해서 이야기 하셨어요. 제가 이 모든 것으로부터 벗어나게 되면, 그리고 혼자 있게 되면, 그 문제를 또한 살펴볼 거예요. 저는 목사님이 하신 말씀이 사실인지 살펴볼 거예요. 아니, 여하튼간에 저에게 그 이야기가 사실인지를 살펴볼 거예요.

헬머　　이런 말은 당신 또래의 여자한테서는 못 들어본 얘기요! 그런데 만약 종교가 당신을 올바르게 인도하지 못한다면, 내가 당신의 양심을 일깨울 수 있도록 해 주오. 당신은 얼마간의 도덕심을 가지고 있다고 생각하는데? 아니면 ― 나에게 답변해 주시오 ―. 당신이 어떤 것도 갖고 있지 않다고 내가 생각해야 하나?

노라　　토발드, 분명한 것은, 그것은 답변하기가 쉬운 질문이 아니라는 거예요. 전 정말 모르겠어요. 그 일은 저를 정말 당혹스럽게 해요. 저는 단지 당신과 제가 그 일을 아주 다른 각도에서 보고 있다는 것만 안다는 것뿐이에요. 저도, 또한, 배우고 있어요. 법률이라고 하는 것이 제가 생각했던 것과는 아주 다른 것이라는 것도요. 그렇지만 저는 법률이 옳다고 확신하는 것이 제겐 불가능하다고 생각해요. 법률에 따르면, 여자는 자신의 죽어 가는 늙은 아버지를 살릴 권리가 없어요. 또는 남편의 생명을 구할 수 있는 권리도 말이에요. 저는 그 사실을 믿을 수 없어요.

헬머　　당신은 어린아이처럼 말하는구려. 당신은 당신이 살고 있는 세상의 조건들을 이해하지 못하고 있소.

NORA   No, I don't. But now I am going to try. I am going to see if I can make out who is right, the world or I.

HELMER   You are ill, Nora; you are delirious[166]; I almost think you are out of your mind.

NORA   I have never felt my mind so clear and certain as tonight.

HELMER   And is it with a clear and certain mind that you forsake your husband and your children?

NORA   Yes, it is.

HELMER   Then there is only one possible explanation.

NORA   What is that?

HELMER   You do not love me anymore.

NORA   No, that is just it.

HELMER   Nora!—and you can say that?

NORA   It gives me great pain, Torvald, for you have always been so kind to me, but I cannot help it. I do not love you any more.

HELMER   (regaining[167] his composure[168])

Is that a clear and certain conviction too?

NORA   Yes, absolutely clear and certain. That is the reason why I will not stay here any longer.

HELMER   And can you tell me what I have done to forfeit[169] your love?

---

166) delirious: 열광적인, 정신이 착란한.
167) regain: 회복하다, 돌아가다.
168) composure: 태연자약, 침착.
169) forfeit: 벌금, 과료, 몰수되다, 놓치다.

노라　　　네, 저는 못해요. 그런데 이제 노력해보려고 해요. 저는, 세상과 저 중에서, 누가 옳은지를 알아보려고 해요.

헬머　　　노라, 당신은 아프군. 당신은 헛소리를 하고 있어. 당신은 정신이 나갔다고 생각할 정도야.

노라　　　전 오늘밤처럼 제 정신이 또렷하고 확실하게 느껴본 적은 없어요.

헬머　　　그러면, 그토록 또렷하고 확실한 마음으로 당신은 당신의 남편과 아이들을 버리려고 하는 거요?

노라　　　예, 그래요.

헬머　　　그렇다면 단지 한 가지 설명만이 가능할 뿐이오.

노라　　　그게 뭐죠?

헬머　　　당신은 나를 더 이상 사랑하지 않는다는 것이오.

노라　　　그래요. 바로 그거예요.

헬머　　　노라!―당신이 그런 말을 할 수 있소?

노라　　　저도 고통스러워요, 토발드. 왜냐하면 당신은 항상 저에게 친절했기 때문이에요. 그렇지만 저는 어쩔 수 없어요. 저는 더 이상 당신을 사랑하지 않아요.

헬머　　　(평정을 되찾으며)

　　　　　그것도 또한 또렷하고 확실한 확신이요?

노라　　　네, 절대적으로 또렷하고 확실해요. 그렇기 때문에 제가 여기서 더 이상 머무르지 않으려고 하는 거예요.

헬머　　　내가 당신의 사랑을 잃어버릴 만한 무슨 일을 했는지 나에게 말해줄 수 있겠소?

NORA   Yes, indeed I can. It was tonight, when the wonderful thing did not happen; then I saw you were not the man I had thought you were.

HELMER   Explain yourself better. I don't understand you.

NORA   I have waited so patiently for eight years; for, goodness knows[170], I knew very well that wonderful things don't happen every day. Then this horrible misfortune came upon me; and then I felt quite certain that the wonderful thing was going to happen at last. When Krogstad's letter was lying out there, never for a moment did I imagine that you would consent to accept this man's conditions. I was so absolutely certain that you would say to him: publish the thing to the whole world. And when that was done—

HELMER   Yes, what then?—when I had exposed my wife to shame and disgrace?

NORA   When that was done, I was so absolutely certain, you would come forward and take everything upon yourself, and say: "I am the guilty one."

HELMER   Nora—!

NORA   You mean that I would never have accepted such a sacrifice on your part? No, of course not. But what would my assurances[171] have been worth against yours? That was the wonderful thing which I hoped for and feared; and it was to prevent that, that I wanted to kill myself.

---

170) goodness knows: 맹세코.
171) assurance: 보증, 확신, 철면피.

노라　네, 정말 그럴 수 있어요. 오늘밤이었어요. 그 놀라운 일이 발생하지 않았을 때 말이에요. 그 때 저는 당신이 제가 생각해 왔었던 그 사람이 아니라는 것을 알게 됐어요.

헬머　좀 더 잘 설명해 보시오. 당신을 이해할 수 없소.

노라　전 8년 동안 꾸준히 기다려 왔어요. 왜냐하면, 맹세코, 놀라운 일들은 매일 일어나는 것이 아니라는 것을 제가 잘 알기 때문이에요. 그 때 이 끔찍한 불행이 저에게 닥쳤어요. 그러자 저는 놀라운 일이 마침내 일어날 거라고 확신하게 되었지요. 크로그스타드의 편지가 저기 놓여 있을 때, 저는 한 순간도 그 사람의 조건을 당신이 수용할 거라고 생각하지 않았어요. 저는 당신이 그에게 말할 거라고 절대적으로 확신했어요. 이 일을 온 세상에 알리라고 말이죠. 그렇게 말하고 나면―

헬머　그래, 그 이후엔 뭐란 말이오?―내가 내 부인을 수치와 불명예에 노출시키고 나면?

노라　그 일이 끝나면, 당신이 나서서 모든 것을 책임지고, “그 죄는 내게 있다”라고 말할 거라고 절대적으로 확신했어요.

헬머　노라―!

노라　당신은 제가 당신 쪽에서의 그런 희생을 결코 받아들이지 않을 거라고 생각하시는 거죠? 그래요, 물론 아니에요. 그렇지만 저의 확신이 당신의 확신에 반하여 무슨 가치가 있었겠어요? 제가 희망하고 두려워했던 것은 바로 그 놀라운 일이었어요. 그리고 그 일을 막기 위해서, 제가 자살하기를 원했던 것이에요.

HELMER   I would gladly work night and day for you, Nora—bear sorrow and want for your sake. But no man would sacrifice his honour for the one he loves.

NORA   It is a thing hundreds of thousands of women have done.

HELMER   Oh, you think and talk like a heedless child.

NORA   Maybe. But you neither think nor talk like the man I could bind myself to. As soon as your fear was over—and it was not fear for what threatened me, but for what might happen to you—when the whole thing was past, as far as you were concerned it was exactly as if nothing at all had happened. Exactly as before, I was your little skylark, your doll, which you would in future treat with doubly gentle care, because it was so brittle and fragile. (*Getting up.*) Torvald—it was then it dawned upon[172] me that for eight years I had been living here with a strange man, and had borne him three children—. Oh, I can't bear to think of it! I could tear myself into little bits!

HELMER   (*sadly*)
I see, I see. An abyss has opened between us—there is no denying it. But, Nora, would it not be possible to fill it up?

NORA   As I am now, I am no wife for you.

HELMER   I have it in me to become a different man.

---

172) dawn upon: ~ ~이 점점 분명해지다, 깨닫게 되다.

헬머	난 밤이고 낮이고 기꺼이 당신을 위하여 일하고, 노라—당신을 위해서라면 슬픔과 결핍도 견딜 수 있소. 그렇지만 어떤 남자도 자신이 사랑하는 사람을 위해서 자기 명예를 희생시키지는 않는다오.
노라	그건 수십만 명의 여성들이 해왔던 일이에요.
헬머	오, 당신은 분별 없는 아이처럼 생각하며 말하는구려.
노라	아마도 그럴지 몰라요. 그렇지만 당신도 제가 제 자신을 붙들어 맬 수 있는 남자처럼 말하거나 생각하지 않아요. 당신의 두려움이 끝났을 때—그건 저를 협박했던 것에 대한 두려움이 아니었어요, 당신에게 일어날 수도 있는 일에 관한 두려움이었죠. 그 모든 것이 지나갔을 때, 당신에 관한 한 그건 마치 아무 일도 일어나지 않은 것과 같았어요. 정확하게 예전처럼, 저는 당신의 종달새였고, 당신이 장차 두 배로 더 부드럽게 돌볼 수 있는 당신의 인형이었어요. 왜냐하면 그토록 연약하고 깨지기 쉬운 것이니까요. (일어서면서) 토발드,—그 때 8년 동안 여기서 낯선 남자와 살고 있었다는 생각이 제게 떠오른 거예요. 그리고 그에게 3명의 아이를 낳아주었다는 사실도요—. 오, 저는 그 생각을 하면 견딜 수가 없어요! 저는 제 자신을 작은 조각으로 찢어버릴 수 있을 것 같아요!
헬머	(슬프게) 그래, 그래. 우리 둘 사이에 하나의 심연이 열렸구려—. 그걸 부정할 순 없소. 그렇지만, 노라, 그걸 채우는 것이 불가능하겠소?
노라	지금 저로서는, 당신의 아내가 아니에요.
헬머	나는 다른 사람이 되고 싶은 마음이 있소.

NORA   Perhaps—if your doll is taken away from you.

HELMER   But to part!—to part from you! No, no, Nora, I can't understand that idea.

NORA   (*going out to the right*)

That makes it all the more certain that it must be done. (*She comes back with her cloak and hat and a small bag which she puts on a chair by the table.*)

HELMER   Nora, Nora, not now! Wait until tomorrow.

NORA   (*putting on her cloak*)

I cannot spend the night in a strange man's room.

HELMER   But can't we live here like brother and sister—?

NORA   (*putting on her hat*)

You know very well that would not last long. (*Puts the shawl round her.*) Goodbye, Torvald. I won't see the little ones. I know they are in better hands than mine. As I am now, I can be of no use to them.

HELMER   But some day, Nora—some day?

NORA   How can I tell? I have no idea what is going to become of me.

HELMER   But you are my wife, whatever becomes of you.

NORA   Listen, Torvald. I have heard that when a wife deserts her husband's house, as I am doing now, he is legally freed from all obligations towards her. In any case, I set you free from all your obligations. You are not to feel yourself bound in the slightest way, any more than I shall. There

노라 아마도요—만약 당신의 인형이 당신으로부터 멀리 사라진다면.

헬머 그렇지만 헤어지다니!—당신과 헤어지다니! 안 돼, 안 돼, 노라,
나는 그 생각을 이해할 수가 없소.

노라 (오른쪽으로 가면서)
그 점이 더욱 더 우리가 헤어져야만 한다는 것을 분명히 하고
있어요. (그녀는 조그만 가방과 모자와 외투를 들고 돌아와서 탁자 옆 의자 위
에 올려놓는다.)

헬머 노라, 노라, 지금은 안 되오! 내일까지 기다리시오.

노라 (외투를 입으면서)
저는 낯선 사람의 방에서 밤을 보낼 순 없어요.

헬머 여기서 우리 형제 자매처럼 살 순 없을까—?

노라 (모자를 쓰며)
그 관계가 오래 가지 않는다는 것을 당신도 잘 아시잖아요. (몸에
숄을 두른다.) 안녕히, 토발드. 아이들은 보지 않겠어요. 아이들이
저보다 더 나은 양육을 받고 있다는 걸 알아요. 지금의 저로선,
그들에게 아무 쓸모가 없어요.

헬머 그러나 언젠가는, 노라—언젠가는?

노라 제가 어떻게 알 수 있겠어요? 제가 어떻게 될지 전 알지 못해요.

헬머 당신이 무엇이 되든지 간에 당신은 나의 아내요.

노라 들어보세요, 토발드. 아내가 남편의 집을 떠날 때, 제가 지금 그
러는 것처럼, 남편은 아내에 대한 모든 의무로부터 법적으로 자
유롭게 된다고 하는 말을 들었어요. 어떤 경우이든지, 저는 당
신을 당신의 모든 의무로부터 자유롭게 해 드려요. 당신은 당신
자신이 조금이라도 얽매여 있다고 느끼시면 안 돼요. 저도 마찬

must be perfect freedom on both sides. See, here is your ring back. Give me mine.

HELMER That too?

NORA That too.

HELMER Here it is.

NORA That's right. Now it is all over. I have put the keys here. The maids know all about everything in the house—better than I do. Tomorrow, after I have left her, Christine will come here and pack up my own things that I brought with me from home. I will have them sent after me.

HELMER All over! All over!—Nora, shall you never think of me again?

NORA I know I shall often think of you, the children, and this house.

HELMER May I write to you, Nora?

NORA No—never. You must not do that.

HELMER But at least let me send you—

NORA Nothing—nothing—

HELMER Let me help you if you are in want.

NORA No. I can receive nothing from a stranger.

HELMER Nora—can I never be anything more than a stranger to you?

NORA (*taking her bag*)
Ah, Torvald, the most wonderful thing of all would have to happen.

가지예요. 양쪽에 완전한 자유가 있어야만 해요. 자, 여기 당신
이 주신 반지를 돌려드려요. 제 것을 돌려주세요.

헬머   그것도 또한 말이요?

노라   그것도요.

헬머   여기 있소.

노라   좋아요. 이제 모든 게 끝났어요. 여기 열쇠를 놓아두었어요. 하
녀들이─저보다 훨씬 더 집의 모든 것을 잘 알고 있어요. 내일,
제가 크리스틴 집에서 떠난 후, 크리스틴이 여기 와서 제가 가
져온 물건들을 챙길 거예요. 저에게 부치도록 해 놓겠어요.

헬머   모든 게 끝났어! 모든 게 끝났어!─노라, 당신은 나를 결코 생
각하지 않을 거요?

노라   저는 가끔씩 당신과 아이들과 이 집을 생각할 거예요.

헬머   노라, 당신에게 편지를 써도 되겠소?

노라   안돼요─결코. 그렇게 해선 안 돼요.

헬머   그래도 적어도 당신에게 보내게─.

노라   아무것도─아무것도─

헬머   당신이 부족한 게 있다면 내가 돕도록 해 주시오.

노라   안 돼요. 저는 낯선 사람으로부터 아무것도 받을 수 없어요.

헬머   노라─내가 당신에게 낯선 사람 이상으론 아무것도 결코 아니
란 말이오?

노라   (가방을 쥐면서)
아, 토발드. 가장 놀라운 일이 일어나야 할 거예요.

HELMER	Tell me what that would be!
NORA	Both you and I would have to be so changed that—. Oh, Torvald, I don't believe any longer in wonderful things happening.
HELMER	But I will believe in it. Tell me! So changed that—?
NORA	That our life together would be a real wedlock. Goodbye. *(She goes out through the hall.)*
HELMER	*(sinks down on a chair at the door and buries his face in his hands).* Nora! Nora! *(Looks round, and rises.)* Empty. She is gone. *(A hope flashes across his mind.)* The most wonderful thing of all—? *(The sound of a door shutting is heard from below.)*

—End—

헬머 내게 그것이 무엇인지 말해주구려!

노라 당신과 내가 완전히 변해서—오, 토발드, 저는 놀라운 일이 발생하는 걸 더 이상 믿지 않아요.

헬머 그러나 나는 그것을 믿을 거요. 말해 주오! 완전히 변해서—?

노라 우리 함께 하는 삶이 진짜 결혼관계가 되는 거 말이에요. 안녕히 계세요. (그녀는 거실을 통해 나간다.)

헬머 (문 옆의 의자에 주저앉아서 양손에 얼굴을 묻는다.)

노라! 노라! (주변을 돌아보며, 일어선다.) 텅 비었어. 그녀가 가버렸어. (하나의 희망이 그의 마음에 번갯불처럼 반짝인다.) 가장 놀라운 일이—?

(문이 닫히는 소리가 밑에서 들린다.)

– 끝 –

노르웨이의 극작가 헨릭 입센(Henrik Ibsen)(1828-1906)은 노르웨이 남동부 세엔(Skien)의 부유한 상인 집안에서 태어났다. 그러나 1834년 아버지의 파산으로 가세가 기울게 되었고, 빈곤한 가정형편으로 불우한 어린 시절을 보내게 되었다. 1844년 15세의 나이로 약국에서 보조원 일을 하였는데, 이때에 병자를 돌보는 일을 하면서 사회문제에 관심을 가지기 시작하였다. 또한 일을 하는 동안에도 의과대학 입학준비를 하며, 틈틈이 시를 쓰기도 하였다. 1849년 21세의 나이에 자신의 최초의 극작품인 낭만시극 『카탈리나』(*Catiline*)를 발표하였고, 1851년에 새로 만들어진 베르겐(Bergen)에 있는 국립극장에서 극장 감독과 작가로서의 삶을 시작함으로써 본격적인 극작가로서의 길을 열어갔다.

입센의 극작품은 기법과 주제적 측면에서 볼 때 대략적으로 초기, 중기, 그리고 말기의 작품들로 구분할 수 있다. 먼저 그의 초기 극작품들은 19세기 전반의 문예사조의 흐름에 영향을 받아 주로 노르웨이 전설을 토대로 쓰인 낭만주의 극작품이 주를 이루고 있다. 그러나 입센을 근대 연극사에서 중요한 작가로 올려놓은 결정적인 작품들은 1877년의 『사회의 반석』(*The Pillars of Society*)을 필두로 하여, 1879년 독일 체류 시에 쓴 『인형의 집』(*A Doll's House*)과 1881년에 발표되자마자 수많은 논쟁을 불러일으킨 『유령』(*Ghosts*), 그리고 로마

체류 시에 쓴 『민중의 적』(*An Enemy of the People*) 등과 같은 중기의 극작품들이다. 낭만주의 극작품들과는 달리 이 작품들은 사실적이고 치밀한 이야기 서술과 극작법을 바탕으로 그동안 소외되고 간과되었던 다양한 사회문제를 과감하게 다루고 있다. 그러한 점에서 사실주의 작품으로 간주되는 그의 중기 작품들은 앞으로 연극이 나아가야 할 방향성을 제공해주었고, 근대연극사에서 획기적인 변화를 가져왔다. 작가로서의 그의 말기에 해당하는 작품들에는 1884년의 『들오리』(*The Wild Duck*)를 비롯하여, 1886년의 『로즈메리스홀름』(*Rosmersholm*), 1888년의 『바다로부터 온 여인』(*The Lady from the Sea*), 1890년의 『헤다 가블러』(*Hedda Gabler*), 1892년의 『건축사』(*The Master Builder*), 1894년의 『어린 에욜프』(*Little Eyolf*), 그리고 1899년에 발표한 마지막 작품 『우리 죽은 자들이 소생할 때』(*When We Dead Awaken*) 등이 있다. 그의 말기 작품들은 중기의 사회극과는 달리 주로 인간의 개별적 관계에 대한 문제를 다루고 있다. 특별히 기법적인 측면에 볼 때 작품 속에서 많은 상징을 사용함으로써 비사실적인 특징을 보여줄 뿐만 아니라, 19세기 말의 상징주의 극작가들에게 지대한 영향을 끼치게 된다. 따라서 입센은 근대 연극사에서 연극발전에 큰 공헌을 한 작가라고 하겠다. 그리고 마침내 그는 1906년 5월 23일 78세의 나이로 지병으로 인하여 작가로서의 삶을 마감하게 된다.

문예사조에 있어서 사실주의는 "있는 그대로의 삶"에 대한 표현을 목적으로 삼는다. 그러한 의미에서 입센은 연극사에서 사실주의의 선구자라해도 과언이 아니다. 왜냐하면 그의 주요 작품들은 이전 낭만주의 작품들에서 흔하게 볼 수 있는 독백이나 방백 등의 극작법과 이상화되고 추상화된 소재의 선택과 재현을 지양하고, 연극에서의 제반 요소들에 대한 사실적 구성을 통하여 다양한 사회문제에 대한 심도 있는 묘사를 담고 있기 때문이다. 그리고 입센의 여러 작품들

중에서도 『인형의 집』은 사실주의 극작가로서의 그의 세계관을 잘 보여주는 대표적인 작품 중의 하나이다. 또한 입센의 동시대인 19세기 유럽사회가 가지고 있던 여러 가지 사회문제들 중에서도 특별히 그동안 가부장적 사회 속에서 남성의 담론에 의해 배제되고 억압되어온 여성인권의 문제를 결혼과 가정이라는 테두리를 직접 취급함으로써 주요 사회문제화 하고 있다. 실제로 19세기 영국 사회에서는 시장에서 자신의 아내를 경매로 판매하는 일들이 있었고, 토마스 하디의 소설 『카스터브리지의 시장』(*The Mayor of Casterbridge*)에서 주인공 헨챠드는 젊은 시절에 단돈 몇 푼에 자신의 부인을 팔아버리기도 한다. 19세기 유럽 사회에 있어서 여성의 위치는 남성에게 종속적이고 수동적인 관계 속에서만 이해되었던 경향이 있었다. 따라서 이러한 시대적 환경 속에서 『인형의 집』이 다루고 있는 사회문제로서의 여성인권의 문제는 매우 심각한 사회적 반향을 불러일으키기에 충분하였다.

　『인형의 집』의 1막은 크리스마스 전날에 주인공 노라가 크리스마스를 즐겁게 보내기 위한 준비물을 사서 집안으로 들어오는 장면으로 시작된다. 남편 토발드는 노라를 "귀여운 종달새"와 "귀여운 다람쥐"라고 부르며, 돈을 절약해서 쓰지 않고 과자 먹기를 좋아하는 여자라고 말한다. 곧이어 두 사람의 옛 지기인 린드 부인이 남편의 사망 후에 혼자가 되어서 두 사람의 집을 방문한다. 린드 부인은 토발드가 은행의 새로운 행장이 되었다는 사실을 알고, 일자리를 구하기 위해 방문하였지만, 린드 부인의 등장으로 인해 노라는 지금까지 자신이 깨닫지 못하고 지내왔던 한 인간으로서의 자신의 정체성에 대한 탐색의 기회를 얻게 된다. 노라는 린드 부인에게 예전에 죽을병으로 고생했던 남편을 위해 자신이 막대한 자금을 마련하였던 사실을 말하며 자랑스러워한다. 노라가 충당한 거금의 출처와 위조서류 그리고 크로그스타드의 폭로 위협은 노라의 한 인간으로서의 자아의 발견에 촉매제 역할을 하는 동인이다. 피상적으로 볼 때 노라와 토발드는 행복한 가정을 꾸미고 있는 것처럼 보이지만, 토발드는 부인을 자신의 인형과도 같은 소유물로 취급하고 있고, 노라는 남편에게 자신이 돈을 대출 받았다는 내용과 크리스마스 선물로 돈을 원하는 이유와 과자를 좋아한다는 것과 필경자로 돈을 버는 사실 등을 숨기고 있다. 1막에서는 도덕적 원칙이 확고한 인물인 것처럼 보이지만 위선적이고 비인간적이며 억압적인 인물로서의 남편과 순종적이고 이상적인 가치관과 꿈을 지닌 인물인 것처럼 보이지만 상황에 따라 거짓말을 하고 비현실적인 꿈속에서 살며 자신의 정체성을 결여하고 있는 인물로서의 부인의 모습이 나타나 있다.

2막은 크리스마스 당일 사건을 다루고 있다. 린드 부인은 노라가 과거에 토발드의 지병을 고치기 위하여 거액의 돈을 충당한 것과 관련하여 심적으로 불안해한다는 사실을 인지하고, 그녀가 누구에게 돈을 빌렸는지 알아내고자 한다. 그동안 아무 일 없이 평범하고 조용한 삶을 살아왔던 노라와 토발드 가정에 린드 부인이 등장함으로써 작품 속에 내재하고 있던 갈등의 요소가 더욱 치밀하게 극화되고 확장되는 장면이라고 할 수 있다. 한편 크로그스타드는 새로 부임하는 은행장 토발드에 의해서 자신이 은행에서 해고당하지 않도록 노라가 남편에게 영향력을 행사하도록 요구하며, 그렇게 하지 않을 때에는 노라가 아버지의 이름을 위조 서명한 대출서류를 공개하겠다고 협박한다. 그리고 노라는 마침내 해고통보를 받은 크로그스타드가 자신의 집 앞 우편함에 무엇인가를 집어넣고 가는 것을 목격하게 된다. 자신의 부도덕함으로 인해 남편과 자식들이 당하게 될 불명예 때문에 괴로워하는 노라는 가족의 명예를 지키기 위해 차가운 얼음 밑에서 자살할 것을 반복적으로 생각하고, 토발드에게 우편물 수거를 위해 우편함에 가는 것을 무도회가 끝날 때까지 연기해달라고 간청한다. 노라는 눈앞에

다가온 가족의 불행과 자신의 죽음을 조금이라도 더 지연시키고 싶어하고, 무도회가 열리는 날 밤에 매우 열광적인 춤을 춤으로써 억압된 자신의 고통을 표출한다. 그녀의 고통은 남성중심의 이데올로기가 결혼과 가정을 통하여 여성에게 부과한 수동적이고 희생적인 여성의 역할과 불가분의 관계에 놓여있는 것이다.

3막은 무도회가 끝나는 다음날 밤과 아침까지 일어나는 위기의 고조와 해결의 이야기를 담고 있다. 자신의 집 2층에서 무도회를 마친 후에 노라를 데리고 1층으로 내려온 토발드는 곧 우편함에서 편지를 가지고 들어온다. 결국 토발드는 크로그스타드의 편지를 통하여 노라의 부채와 위조문서에 대하여 알게 되는데, 그의 즉각적인 반응은 오직 자신의 사회적 명예와 외양만을 중요하게 생각하는 이기적인 모습을 보여준다. 그에게 있어서 노라는 하나의 인격체라기보는 자신의 소유물과도 같은 존재였던 것이다. 무도회에서 열정적인 춤을 추는 노라에게 성적 욕망을 품었을지언정 그녀를 진정으로 사랑한 것은 아니었다. 편지의 개봉과 함께 닥쳐올 불행에 대하여 노라가 경고할 때에 자신이 모든 것을 책임지겠노라고 말하지만 정작 실상을 알고 난 후에 그가 보여주는 태도는 오로지 자신의 성공과 사회적인 체면에 대한 두려움과 걱정 그리고 노라에 대한 원망뿐인 것이다. 반대로 토발드의 말과 행동에 대한 노라의 반응은 철저하게 무기력하며, 오로지 용서라는 남성의 자비에만 의존하고 살아가야 하는 여성의 모습을 보여주고 있다. 노라는 자신이 얼마나 토발드를 사랑했는지 말하며 자신이 모든 책임을 지겠노라고 말한다. 그러나 노라가 위조한 대출서류가 동봉된 크로그스타드의 두 번째 편지의 도착과 더불어 사건이 반전되는데, 이 때 토발드는 노라의 감정은 전혀 생각지 않고 자신의 사회적 신분과 명예가 지켜질 수 있다는 사실만을 기뻐한다. 높은 도덕적 원칙을 중시하는 토발드의 위선적이고 가식적인 언행을 목격한 노라는 결혼 후 처음으로 자신에게 있어서 결혼의 진정한 의미를 반추하고, 남성의 담론에 의해 지배되는 여성이 아닌 한 인격체로서의 자신의 정체성을 지닌 삶을 추구하고자 한다.

『인형의 집』1막 첫 장면에서 주인공 노라는 크리스마스트리와 장식물을 사 가지고 집으로 들어온다. 그러나 3막의 마지막 장면에서 노라는 집의 현관문을 닫고 나가버린다. 그녀에게 있어서 자신의 과거 시간은 크리스마스트리의 장식물과도 같은 삶이었다. 노라는 19세기 남성지배 이데올로기가 여성에게 부과하였던 결혼과 가정에서의 여성의 역할에 순응하며 최선을 다해 살아온 인물이다. 그러나 남편에 대한 수동적이고 종속적인 삶에 대한 반추를 통하여 그녀는 진정한 여성으로서의 자의식과 인생의 의미를 추구한다. 『인형의 집』은 19세기 유럽사회의 왜곡된 여성 인권문제를 연극이라는 문학 장르의 틀 속에 담아 문학의 새로운 가능성을 보여준 뛰어난 사실주의 작품인 것이다.

｜참고문헌｜

Andersen, Annette. "Ibsen in America." *Scandinavian Studies and Notes* 14(1937): 65-109, 115-46.

Archer, William. "Character and Psychology." *Play-making: A Manual of Craftsmanship*. New York: Dodd, 1937. 245-61.

Barranger, Milly S, ed. "Ibsen Bibliography 1957-1967." *Scandinavian Studies* 41(1969): 243-58.

Barton, Lucy. *Historic Costume for the Stage*. Boston : Baker, 1961.

Baruch, Elaine H. "Ibsen's *Doll House*: A Myth for Our Time." *Yale Review* 69 (1980): 347-87.

Bentley, Eric. "Ibsen: Pro and Con." 1950. *In Search of Theatre*. New York: Vintage, 1959. 344-56.

______. *The Playwright as Thinker*. New York. Harcourt, 1946.

Bien, Horst. *Henrik Ibsens Realismus*. Ruetten, 1970.

Bradbrook, Muriel C. *Ibsen, the Norwegian: A Revaluation*. 1948. Hamden, Conn.: Archon, 1966. 116-21.

Brockett, Oscar G. *History of the Theatre*. 3rd ed. Boston: Allyn, 1977.

Brustein, Robert. *The Theatre of Revolt*. Boston: Atlantic-Little, 1962.

Clurman, Harold. *Ibsen*. New York: Collier, 1977.

Dietrich, Richard F. "Nora's Change of Dress: Weigand Revisited." *Theatre Annual* 36 (1981): 20-40.

Downs, Brian W. *Ibsen: The Intellectual Background*. Cambridge: Cambridge UP, 1946.

Dukore, Bernard F. "Doors in the Doll House." *Theatre History Studies* 9 (1989): 37-40.

______. "Karl Marx's Youngest Daughter and 'A Doll's House.'" *Theatre Journal* 42.3 (1990): 308-22.

______. *Money and Politics in Ibsen, Shaw, and Brecht*. Columbia: Missouri UP, 1980.

Durbach, Errol. *A Doll's House: Ibsen's Myth of Transformation*. Boston: Twayne, 1991.

Egan, Michael, ed. *Ibsen: The Critical Heritage*. London: Routledge, 1972.

Ewbank, Inga-Stina. "Ibsen's Dramatic Language as a Link between His 'Realism' and His 'Symbolism.'" *Contemporary Approaches to Ibsen*. Ed. Daniel Haakonsen. Oslo: Universitesforlaget, 1966. 96-123.

Firkins, Ina Ten Eyck. *Henrik Ibsen: A Bibliography of Criticism and Bibliography*. New York: Wilson, 1921.

Fjelde, Rolf, ed. *Ibsen: A Collection of Critical Essays*. Englewood Cliffs: Prentice, 1965.

Flores, Angel, ed. *Ibsen*. New York: Critics Group, 1937.

Ganz, Arthur F. "Miracle and Vine Leaves: An Ibsen Play Rewrought." *PMLA* 94(1979): 9-21

Garton, Janet. Ed. "Special Issue on Henrik Ibsen" Scandinavica: *An International Journal of Scandinavian Studies*, 45.2 (2006): 145-234

Gassner, John. *Masters of the Modern Drama*. 3rd rev. ed. New York: Dover, 1954.

Gilman, Richard. *The Making of Modern Drama*. New York: Farrar, 1972.

Gray, Ronald D. *Ibsen, A Dissenting View: A Study of the Last Twelve Plays*. Cambridge, Eng.: Cambridge UP, 1997.

Gosse, Edmund. *Henrik Ibsen*. New York: Cambridge, 1910.

Hardwick, Elizabeth. "Ibsen's Women." *Seduction and Betrayal: Women and*

Literature. New York: Random House, 1974. 31-83.

Haynes, Robert. "Betrayal and Responsibility in Henrik Ibsen's A Doll's House and Little Eyolf and Horton Foote's The Young Man from Atlanta" *Baylor Journal of Theatre and Performance* 4.2 (2007): 71-81

Heiberg, Hans. *Ibsen: A Portrait of the Artist*. London: Allen, 1969.

Heller, Otto. *Henrik Ibsen: Plays and Problems*. Boston: Houghton, 1912.

Hornby, Richard. "Ibsen's A Doll House." *Script into Performance: A Structuralist View of Play Production*. Austin: U of Texas P, 1977. 153-72.

______. *Patterns in Ibsen's Middle Plays*. Lewistown, PA: Bucknell UP, 1981.

Haugen, Einar. "Ibsen in America." *Journal of English and Germanic Philology* 33 (1934): 396-420.

Ibsen, Henrik. "*A Doll's House*: Notes for the Modern Tragedy." *Playwrights on Play-writing*. Ed. Toby Cole. New York: Hill & Wang, 1960. 151-54.

Jameson, Storm. *Modern Drama in Europe*. New York: Harcourt, 1920.

Johnston, Brian. *The Ibsen Cycle: The Design of the Plays from Pillars of Society to When We Dead Awaken*. Boston: Twayne, 1975.

______. *Text and Supertext in Ibsen's Drama*. University Park: Pennsylvania State UP, 1989. 137-64.

Kiberd, Declan. *Men and Feminism in Modern Literature*. New York: St. Martin's 1985. 61-84.

Krutch, Joseph Wood. *"Modernism" in Modern Drama: A Definition and an Estimate*. Ithaca: Cornell UP, 1953.

Lavrin, Janko. *Ibsen: An Approach*. New York: Russell, 1950.

Lester, Elenore. "Ibsen's Unliberated Heroines." *Scandinavian Review* 66 (1978): 58-66.

Luce, Claire Booth. *A Doll's House 1970* (with Apologies to Henrik Ibsen). *Images of Women in Literature*. Ed. Mary Anne Ferguson. Boston: Houghton, 1973. 358-69.

Lyons, Charles R. *Henrik Ibsen: The Divided Consciousness.* Carbondale: Southern Illinois UP, 1972.

Marker, Frederick, and Lise-Lone Marker. "The First Nora: Notes on the World Premiere of A *Doll's House.*" *Contemporary Approaches to Ibsen.* Ed. Daniel Haakonson. Oslo: Universitetsforlaget, 1971. 84-100.

McFarlane, James Walter, ed. *Discussions of Henrik Ibsen.* Boston: Heath, 1962.

______. *Henrik Ibsen: A Critical Anthology.* Harmondsworth: Penguin, 1970.

______. *Ibsen and the Temper of Norwegian Literature.* New York: Octagon, 1979.

______. trans. and ed. *The Oxford Ibsen.* 8 vols. London: Oxford UP, 1960-77.

Northam, John R. *Ibsen: A Critical Study.* Cambridge, Eng.: Cambridge UP, 1973.

______. *Ibsen's Dramatic Method.* 2nd ed. Oslo: Norwegian UP, 1971. 15-38.

Paul, Fritz, ed. *Henrik Ibsen.* Darmstadt: Wissenschaftliche Buchgesellschaft, 1979.

Rogers, Katharine M. "A Woman Appreciates Ibsen." *Centennial Review* 18 (1974): 91-108.

Rosenberg, Marvin. "Ibsen vs. Ibsen, or: Two Versions of A *Doll's House.*" Modern Drama 12 (1969): 187-96

Shafer, Yvonne. *Approaches to Teaching Ibsen's* A Doll's House. *Approaches to Teaching Masterpieces of World Lit.* 7. New York: MLA, 1985

Shaw, George Bernard. *The Quintessence of Ibsenism.* New York: Hill & Wang, 1958. 77-81.

Spacks, Patricia M. "Confrontation and Escape in Two Social Dramas." *Modern Drama* 11 (1968): 61-72.

Styan, J. L. "Ibsen's Contribution to Realism." *Modern Drama in Theory and Practice.* Cambridge, Eng: Cambridge UP, 1980. Vol. 1. 17-30.

Templeton, Joan. "The *Doll House* Backlash: Criticism, Feminism, and Ibsen." *PMLA* 104 (1989): 28-40.

Tennant, Peter. *Ibsen's Dramatic Technique.* Cambridge: Bowes, 1948.

Tufts, Carol Strongin. "Recasting A Doll House: Narcissism as Character

Motivation in Ibsen's Play." *Comparative Drama* 20.2 (1986): 140-59.

Valency, Maurice. *The Flower and the Castle: An Introduction to Modern Drama.* New York: Macmillan, 1963. 149-59.

Watts, Peter, trans. A Doll's House *and Other Plays.* By Henrik Ibsen. New York: Penguin, 1965.

Weigand, H. J. *The Modern Ibsen: A Reconsideration.* 1925. New York: Dutton, 1960. 26-75.

Zucker, A. A. "The Forgery in Ibsen's *Doll House.*" *Scandinavian Studies* 17 (1943): 309-13.

■ 옮긴이

최경룡

삼육대학교 영어영문학과 졸업 (문학사)
고려대학교 대학원 영어영문학과 졸업 (문학석사)
고려대학교 대학원 영어영문학과 졸업 (문학박사)
영국 케임브릿지대학교 영문학과 객원교수
삼육대학교 영미어문학부 학부장

김용성

삼육대학교 영어영문학과 졸업 (문학사)
한국외국어대학교 대학원 영어과 졸업 (문학석사)
서강대학교 대학원 영어영문학과 졸업 (문학박사)
삼육대학교 영미어문학부 영어영문전공 주임교수

인형의 집 A Doll's House

헨릭 입센 지음
최경룡 · 김용성 옮김

발행일 • 2008년 9월 5일
발행인 • 이성모
발행처 • 도서출판 동인
서울시 종로구 명륜동 아남주상복합빌딩 118호
등록 • 제 1-1599호
TEL • (02)765-7145, 55 / FAX • (02)765-7165
E-mail • dongin60@chol.com
HomePage • www.donginbook.co.kr

ISBN 978-89-5506-368-4

정가 11,000원

※ 잘못 만들어진 책은 바꾸어 드립니다.